ESSAI
DE LA TRADUCTION
DE JUVÉNAL.

ESSAI

DE LA TRADUCTION

DE JUVÉNAL,

PAR N.-L. HACHETTE.

Paupertas impulit audax
Ut versus facerem....................
Hor. *Ep.* II, *lib.* II.

ÉPERNAY,

IMPRIMERIE DE WARIN-THIERRY ET FILS.

1833.

AVIS
AU LECTEUR BÉNÉVOLE.

Les traductions ne sont faites que pour ceux qui n'entendent pas l'original. Cela posé, j'ai cru pouvoir donner à Juvénal un air moderne, lorsqu'il s'est rencontré des traits sur les abus civils ou religieux.

« La copie des ouvrages sur les mœurs des » hommes doit viser moins à les rendre savans » qu'à les rendre sages. » C'est La Bruyère qui l'a dit, et ce n'est pas une petite présomption, n'est-il pas vrai? en faveur du système que j'ai suivi.

Que, fiers de leur ténébreux butin, les cosaques littéraires m'accusent d'ignorance ou me dédaignent : j'en serai fâché, mais que faire? Je ne crois pas que j'aurais le courage de compulser les dissertations scientifiques pour savoir si dans *l'eau lustrale* (eau bénite) il entrait du sel ou de la chaux, ou quelqu'autre ingrédient préservatif de la corruption; si le *simpuvium* (bénitier) était de forme ronde, ovale ou triangulaire; si le *redimiculum* (bonnet carré) avait une houppe blanche, rouge, jaune, noire ou grise, etc. Et d'ailleurs, quand je l'aurais voulu savoir, il m'aurait été impossible jusqu'à présent.

Je n'attache, au surplus, aucune importance à ma traduction, et je déclare que je n'ai fait une copie de Juvénal que pour attraper, s'il est possible, les grands coups de pinceau de ce maître, dans un autre ouvrage que je travaille depuis deux ans.

ESSAI
DE LA TRADUCTION
DE JUVÉNAL.

SATIRE Ire.

POURQUOI JUVÉNAL ÉCRIT DES SATIRES.

Quoi ! toujours écouter ! morbleu, je n'y tiens plus....,
Je vais répondre... Assez de l'enroué Codrus
J'ai souffert, dieu merci ! la lourde Théséïde.
L'un m'aurait donc braillé sa comédie aride,
Cet autre impunément m'aurait, la larme à l'œil,
De sa froide élégie étendu le linceul?
Quoi donc, eh ! quoi, Télèphe aux longues destinées
M'aurait impunément consumé deux journées,
Et l'Oreste sans fin de ses noirs vertigos
Enflé son gros volume en marge et sur le dos?

Non, sa maison n'est point mieux connue à personne
Qu'à moi le bois sacré du frère de Bellone;
Et l'antre de Vulcain, voisin des rocs noircis,
Où le fougueux Eole en despote est assis.
Les sourds complots des vents, les tortures nouvelles,
Qu'Eaque fait subir aux ombres criminelles :
Le vaisseau sur lequel le maraudeur Jason
Part pour filouter l'or de l'antique toison;

Même le poids exact, la grosseur et la taille
Des ormes que lançait Monychus en bataille ;
Voilà ce qu'aujourd'hui des lecteurs assidus
Font répéter en chœur aux marbres éperdus,
Aux jardins de Fronton, aux longues promenades,
Ce qui fera bientôt rompre nos colonnades.
Du plus chétif auteur, du plus grand écrivain,
Il nous faut essuyer ces lieux communs sans fin.

Nous aussi, nous avons dans nos mains frémissantes,
Senti les coups pliants des férules savantes ;
Nous avons à Sylla donné l'heureux conseil
De jouir en bourgeois d'un paisible sommeil....
Puisque de toutes parts la poétique engeance
Fourmille, ce serait une sotte clémence
D'épargner le papier, qui dans peu doit périr....
Mais pourquoi, direz-vous, étourdiment courir
Dans l'arène où jadis le vigoureux Lucile
A dompté ses coursiers sous la verge docile ?
Êtes-vous assez froids pour écouter raison ?
Avez-vous du loisir ? je le dis sans façon....
Quand l'imberbe châtré contracte un mariage,
Quand, le sein nu, Mévie animée au carnage,
Perce d'un javelot le rude sanglier :
Sur nos patriciens, quand ce léger barbier,
Qui me rasa souvent dans mon adolescence,
Prend le pas en vertu d'une indigne opulence,
Quand le honteux rebut de la fange du Nil,
Un Crispin, de Canope esclave le plus vil (1),
Des ornemens des dieux par une loi s'affuble,
Rejette sur son dos la très-sainte chasuble,
Lève le soleil d'or, de sa sueur infect,
Et du peuple à genoux, commande le respect ;

Quand s'affaisse, dit-il, sa tête délicate,
Sous le grand diamant qui sur la mitre éclate
Il est très-difficile, il faut en convenir,
Aux satiriques traits de ne pas recourir.
Eh! quelle âme de fer peut contenir sa bile,
Peut voir patiemment dans cette inique ville,
En litière à la mode, un bavard d'avocat,
Un Mathon, qui se vend au premier scélérat?
Puis d'un célèbre ami le délateur infâme
Tout prêt à dévorer dans sa sanglante trame
Les derniers ossemens des nobles qu'il rongea?
Carus, par des cadeaux veut l'adoucir.... Massa
Frissonne...., et Latinus, dans sa terreur panique,
Vient lui prostituer sa Thymèle pudique.
Quoi! peut-on se sentir coudoyer rudement,
Par ceux qui dans leurs nuits gagnent le testament?
Dont le luxe subit jusques au ciel éclate,
Grâce à l'amour impur d'une vieille béate?
Des honneurs aujourd'hui tel est le vrai chemin.
Proculeïus obtient un douzième...., et Gibbin
Les onze autres.... ; le legs de chacun se mesure
Juste sur la longueur du plaisir qu'il procure.
Du trafic de leur sang qu'ils reçoivent le prix;
Mais de pâleur, d'effroi, puissent-ils être pris,
Comme le voyageur errant sur la bruyère,
Qui foule d'un pied nu l'homicide vipère,
Ou comme le rhéteur, de sa présomption
Pret à subir la peine à l'autel de Lyon!
Je m'en réfère à vous..., jugez.....: quel foie aride
Ne se sent point brûler d'une fureur rapide,
Quand ce spoliateur du pupille tout nu
A de vils débauchés que le monstre a vendu,
En triomphe est porté dans la foule qu'il presse,

Par les nombreux flatteurs qu'attire sa richesse?
Quand, jugé pour la forme, un Marius encor,
(Qu'importe l'infamie? on sauve son trésor)
Du matin jusqu'au soir boit et fait bonne chère,
Et jouit de l'exil et du ciel en colère.
Vous, plaintifs alliés, que la loi rend vainqueurs,
La loi vous a laissé l'indigence et les pleurs.
Et je ne croirais point ces forfaits, cette audace,
Dignes d'être éclairés de la lampe d'Horace?....
Et je n'oserais pas, citoyen perverti,
Du crime harceler un brillant favori!
Est-ce, pensez-vous, un excellent remède,
De chanter en beaux vers Hercule, Diomède,
Le labyrinthe obscur, et ses mugissemens,
Ou l'artiste envolé sur les ailes des vents,
Et son cher fils tombant au sein de l'onde amère;
Quand le mari commode, au galant adultère,
Pour sa femme inhabile à recevoir un don,
Du legs universel lui-même est prête-nom,
Instruit, pour ne point voir leurs flammes illégales,
A compter du plafond les ronds et les ovales,
Instruit même à ronfler, d'un nez si vigilant,
Qu'il garantit son vin de l'esclave gourmand?
Quand cet autre commande aux cohortes choisies,
Pour avoir dissipé ses biens en écuries,
Et fait évanouir le cens de ses ayeux,
A courir sur l'arène avec de prompts essieux?
De plus, l'Automédon guidait avec adresse,
Le char où, caressant sa bizarre maîtresse,
Le monstrueux Néron, s'accouplait au grand jour.
Et l'on n'aurait pas droit même en plein carrefour,
D'emplir son agenda d'une sainte colère,
Quand ce noir scélérat, ce fourbe, ce faussaire,

Qu'un sceau falsifié sur un faux testament,
Au faîte des honneurs porta subitement,
Affecte les grands-airs du dédaigneux Mécène,
Dans sa litière ouverte, et d'un mol duvet pleine,
Que promènent partout six porteurs effrontés?
La voici, cette dame aux nobles qualités,
Qui, pour calmer la soif de l'époux qu'elle flatte,
Lui présente un vin vieux, dont la douceur ingrate,
Recèle le venin extrait du froid lézard;
Et bien mieux, que Locuste enseigne le grand art,
Aux voisines encor dans le crime novices,
D'envoyer, sans rougir, sur les bûchers propices,
A travers le public, ses rumeurs et ses cris,
De leurs défunts époux, les cadavres noircis.

De l'audace, avant tout...., ose une action rare
Qui mérite un cachot ou l'exil de Gyare,
Au sommet des grandeurs pour monter d'un seul bond.
La probité qu'on vante est nue...., et se morfond.
Par le crime on acquiert ces jardins, ces portiques,
Ces tables, ces buffets, ces plats d'or, ces antiques,
Et ces coupes, où l'art mollement fait saillir
Le chevreau de Bacchus, invitant au plaisir.
Là, d'une infâme noce, on célèbre la fête,
L'avare bru d'un père est l'impure conquête,
De l'adultère ici l'enfant est orgueilleux.
Tout ça fait-il tomber le sommeil sur vos yeux?
Non, non: si la nature à vos vœux se refuse,
Que l'indignation vous tienne lieu de muse,
Faites des vers tels quels, même au chétif aloi,
Dont nous les composons, Cluviénus et moi.

Depuis que le déluge inondant tout l'espace,

Deucalion monta dans sa nef au Parnasse,
Qu'il consulta le sort, et qu'amolli soudain,
Le caillou s'échauffa du sentiment humain;
Puis qu'aux mâles Pyrrha joignit les filles nues,
Les souhaits des mortels, leurs passions, leurs vues,
Colère, volupté, crainte, joie et douleur,
Tout devient l'aliment du satirique auteur.
Jamais le vice eut-il moisson plus abondante?
Comment nombrer les maux que l'avarice enfante?
Et les jeux de hasard, dégradant les esprits?
Non content de porter sa bourse au vert tapis,
C'est l'ample coffre-fort aujourd'hui qu'on y traîne;
Armés par le croupier, et respirant à peine,
Ils livrent le combat plein de gloire..... admirez!....
Perdre trois mille écus sur un seul coup de dez,
Et ne point habiller l'esclave qui se glace,
Est-ce, répondez donc, est-ce une simple audace?

Qui bâtit tant jadis de maisons de plaisir?
Qui de nos bons ayeux osait faire servir
A sa table sept plats avalés en cachette?
Sur le seuil, aujourd'hui, l'usage veut qu'on mette
Une mince sportule en des paniers pliants,
Que s'arrachent entr'eux la tourbe des clients.
Le maître, toutefois, regarde à la figure,
Crainte qu'un affamé vienne par aventure,
Sous un nom supposé, prendre une portion,
Bien et dûment connu, vous avez ration.
Le patron magnifique à son crieur ordonne
D'appeler les Troyens, eux-mêmes en personne;
Des enrichis nouveaux puisque devant le seuil
Avec le peuple on voit ramper leur noble orgueil.
Donnez à ce préteur; par lui que l'on commence;

Ensuite à ce tribun donnez de préférence ;
Voilà qu'un affranchi veut la priorité :
J'étais là le premier, dit-il avec fierté ;
Pourquoi craindre, douter de défendre ma place?
Sur l'Euphrate étranger, eh ! bien oui, j'ai ma race ;
Les trous qu'à mon oreille un maître fit ouvrir
Le confirmeraient trop si je savais mentir ;
Mais de mes cinq maisons, propres à tous commerces,
Je tire en revenu, cinq cent mille sesterces.
La pourpre du sénat donne-t-elle un peu plus?
Dans les champs Laurentins allez voir Corvinus,
Malgré son noble sang, son titre héréditaire,
Conduire des troupeaux en gardien mercénaire ;
Je suis plus riche, moi, que Licin, que Pallas....
Or donc, sur les tribuns je dois avoir le pas.
Très-bien !..... que la richesse obtienne la victoire,
Qu'il ne le cède point à notre vieille gloire,
Cet intrus que l'on vit à pieds nus et poudreux,
Dans Rome débarquer sous des haillons crasseux.
Des richesses ici, comment, par quel délire,
A-t-on sanctifié le corrupteur empire?
Quoiqu'on n'ait pas dressé, Fortune aveugle! encor
Des temples à l'argent, et des autels à l'or,
Qu'on ne t'adore point, ainsi que le Courage,
L'Honneur, la Vérité, la Foi, le Mariage,
La Paix et la Concorde entonnant d'heureux cris (2),
Dans le nid conjugal quand rentrent les maris.

Si la magistrature elle-même calcule
Combien au bout de l'an rapporte la sportule,
Combien elle grossit un traitement trop fort,
Du pauvre citoyen, que deviendra le sort?
Lui qui pour s'habiller n'a plus rien davantage,

Rien de plus pour le pain, le feu de son ménage.
S'agit-il d'agripper trois ou quatre deniers,
Les riches en litière y courent les premiers;
L'époux traîne avec lui, pour un double salaire,
Sa femme languissante, ou prête d'être mère;
Pour son épouse absente, un autre plus rusé
Obtient l'émolument, grâce à cet art usé;
Montrant une litière, et vide et bien fermée,
C'est ma femme, dit-il, ma Galla bien-aimée,
Expédiez-nous, vite, eh bien! que tardez-vous?
Présente, ma Galla, ta tête à ton époux.
Elle dort, point de bruit..., je vous en prie en grâce!

Dans ces soins importans le jour ainsi se passe,
La sportule d'abord, et le forum après;
Pour y voir l'Apollon appointeur de procès,
Et les triomphateurs, et la grande effigie
D'un léger vagabond de la chaude Arabie,
Ou d'un Egyptien, je ne sais plus lequel,
Sur le socle il grava son brévet d'immortel,
Avec le sage avis que contre la figure
Il était défendu de faire aucune ordure;
Renonçant au dîner, si longtemps leur espoir,
Les vieux cliens lassés se retirent le soir.
Heureux alors, heureux qui peut dans son martyre,
Faire emplette de chous et de feu pour les cuire;
Quand de ces affamés le monarque gourmand,
Sur ses lits, sans convive, étendu mollement,
Dévore le meilleur des forêts et de l'onde.
— Faut-il faire manger à cette tourbe immonde,
Mes vases précieux, mes buffets et mes plats,
Et tout mon patrimoine, en moins de deux repas?
Non, non; je ne veux point qu'un parasite reste.

— Du luxe, eh! qui défend cette maudite peste?
Mais plus vile la gueule avalant en entier
L'animal des festins, le friand sanglier:
La peine toutefois suit de près le coupable;
Quand, gonflé d'alimens au sortir de la table,
Tu portes digérer ton repas dans le bain,
La mort subite accourt, et, sous sa froide main,
La vieillesse précoce étouffe ta jeunesse.
Ce bruit court des soupers réveiller l'allégresse;
Tes amis qu'endurcit l'oubli du testament,
Aux honneurs du bûcher te conduisent gaîment.

Non, la postérité raffinant d'âge en âge,
Ne peut plus à nos mœurs rien joindre davantage;
Non, nos derniers neveux ne peuvent plus jamais
Que se salir encor de nos mêmes forfaits.
Le vice triomphant emporte Rome en croupe,
Faisons voile, voguons, le vent nous souffle en poupe.
Halte-là, dit quelqu'un: dans ce vaste projet,
Où pris-tu le génie égal à ton sujet?
Où de tes devanciers cette franchise d'âme,
Ce droit de tout nommer dans des accens de flamme?
— Qui pourra m'empêcher de signaler son nom?
Que me fait Mucius, sa haine ou son pardon?
— De nommer Tigellin, auras-tu le courage?
Tu serviras alors toi-même à l'éclairage,
Où des infortunés, fixés vifs à des pieux,
Sont rôtis sur l'arêne en sillons radieux.
— Quoi, cet empoisonneur, ce monstre sanguinaire,
Qui fit assassiner les trois sœurs de son père,
Dans sa litière assis sur un moelleux coussin,
Ferait tomber sur nous, des regards de dédain!

— Crois-moi, quand ce ministre à tes yeux se présente,
Ferme d'un doigt prudent ta bouche impatiente.
Le commissaire empoigne au simple mot, *c'est lui.*
On peut en liberté, c'est la seule aujourd'hui,
Mettre aux prises Turnus et le pieux Énée;
Achille, que perça la flèche empoisonnée,
Des grands ne choque point la superbe raison,
Ni la nymphe des eaux, qui ravit sans façon,
Le jeune et bel Hylas qu'appelle en vain Alcide.
Mais sitôt que Lucile, en sa verve rapide,
Frémit comme le glaive au combat acharné,
Le coupable auditeur, pâlissant, consterné,
Du crime sur son front sent la brûlante flamme;
La sueur du remords coule et glace son âme,
De là sa rage active, et peut-être tes pleurs.
Réfléchis donc...., préviens de trop certains malheurs;
Une fois qu'a sonné la trompette guerrière,
Armé de pied en cap peut-on fuir en arrière?
— Eh bien! soit: mais afin qu'on me donne la paix,
J'exercerai primo mes satiriques traits
Contre l'ombre de ceux que la bonté divine
A fait ronger des vers sur la côte latine.

SATIRE II.

LES TARTUFES.

Je fuirais volontiers par delà les Gelons,
Par delà l'Océan hérissé de glaçons,
Quand ces faux Curius vivant de bacchanales,
Osent effrontément tonner sur les scandales.
Ils sont tous ignorans d'abord : bien que toujours
Le plâtre de Chrysippe emplisse leurs discours :
Sitôt qu'un d'eux achète un Aristote immense,
Ou le gros Pittacus de même ressemblance,
Qu'il enferme sous clef dans un coffret d'airain,
Cléanthes des vertus le type souverain,
Le voilà réputé l'oracle de sa secte.
Oh! que la bonne-foi du visage est suspecte!
On ne rencontre ici, dans tous les mauvais lieux,
Que ces fameux dévots à l'air chaste et pieux.
Eh! quoi tu viens aussi prêcher sur l'impudique,
Toi, l'instrument banal du péché socratique?
Ce mâle extérieur et ces membres velus,
Vraiment d'une âme forte annoncent les vertus;
Mais le médecin rit dans sa barbe discrète,
En coupant de l'anus la pustule secrète.
A se taire ils ont tous tellement de plaisir,
Qu'un mot bref de leur bouche ose à peine sortir;
Et plus que les sourcils, leur chevelure est rase,
Plus vrai, plus ingénu, le bédeau Peribase (1),
Marche le front levé dans le sentier du mal,
Ne l'imputé-je aussi qu'à son destin fatal.

Quiconque simplement au vice s'abandonne,
Plaignons-le, c'est fureur; hélas! qu'on lui pardonne;
Mais non : non, point de grâce à ces âpres censeurs,
Hercules à l'assaut de nos perverses mœurs;
Et qui de la vertu cessant l'apologie,
Vont secouer leurs flancs dans une impure orgie.
Crois-tu m'intimider, pédéraste Sextus,
S'écrie avec raison l'infâme Varillus?
Fais-je donc pis que toi? calme un peu ta voix aigre;
Qu'un droit raille un boiteux, qu'un blanc persifle un nègre;
Mais qui pourrait souffrir sans nulle émotion,
Les Gracques se plaignant de la sédition?
Qui ne confondrait pas les cieux, l'onde et la terre,
Si Clodius osait reprendre l'adultère:
Milon taché de sang, le sanglant assassin;
Catilina, le traître, et Verrès, le larcin?
Si les trois écoliers de Sylla, roi modèle,
Plaignaient des vieux proscrits la misère cruelle?
Tel d'inceste tragique encore tout fumant,
Un monstre restaurait cet édit menaçant,
Fait pour effrayer Mars, Vénus et tout le monde!
Tandis que de sa vulve en avortons féconde,
Son impudique nièce, au grand jour extirpait,
Des lambeaux palpitans, de l'oncle vrai portrait.
Le vice le plus bas à bon droit peut remordre
Ces Scaurus supposés, vantant les mœurs et l'ordre.
Laronie en passant rembarra tout-à-coup,
Un de ces noirs frélons qui bourdonnait partout:
Dors-tu, loi Julia? Qu'es-tu donc devenue?
Souriant au cafard d'une bouche ingénue:
O siècle fortuné, qui t'oppose à nos mœurs!
Rome à la chasteté rendra ses vieux honneurs;
Caton trois est tombé du ciel.... Mais veux-tu dire

Où tu vas acheter l'amomome et la myrrhe
Dont tes membres poilus laissent l'odeur au vent ?
Point de honte, apprends-nous où reste ton marchand.

S'il est temps d'exhumer nos lois de la poussière,
La loi Scantinia doit l'être la première.
Aux hommes regardez d'abord, sondez-les tous,
Ils sont plus corrompus et plus pervers que nous ;
Mais boucliers unis et serrés en phalanges,
Leur grand nombre défend tant de crimes étranges,
Oh ! la concorde est grande entre les vicieux !
Notre sexe offre-t-il cet exemple odieux ?
D'une langue impudique avez-vous vu Calvie,
Ou Flore qui léchait Catuline ou Fulvie ?
Aux jeunes gens Hippon se livre et les flétrit,
Et ce double attentat l'énerve et le pâlit.
Nous a-t-on vu plaider, faire des lois civiles,
Et lasser le forum de clameurs inutiles ?
Peu de nous à la lutte exercent leur vigueur;
Peu mangent le gros pain du lourd gladiateur.
Mais vous, vous épluchez la laine par mollesse,
Vous rapportez au soir la tâche à la maîtresse ;
La quenouille au côté, sous votre habile main
Les fuseaux sont enflés d'un fil encor plus fin
Que jamais d'Icarus n'en dévida la fille ;
Plus adroits qu'Arachné, vous maniez l'aiguille,
Et de la concubine exécrables rivaux,
Vous vous prostituez dans de publics caveaux.
Il est notoire à tous, pourquoi le noble Histère,
Fit son seul affranchi de ses biens légataire ;
Pourquoi tant qu'il vécut, il prodiguait de l'or
A son aimable épouse, après lui vierge encor ;
On l'enrichit toujours, la femme complaisante,

Qui s'endort près du tiers dans la couche opulente.
Belles, mariez-vous, et silence.... à ce prix
L'époux vous donnera des colliers de rubis.
Et sur nous, toutefois l'aigre censure tombe,
On blanchit les corbeaux, on noircit la colombe.

Mes stoïques, surpris d'ouïr la vérité,
S'enfuirent à l'instant, d'un pas épouvanté.
Pouvaient-ils d'imposture accuser Laronie?
Mais que ne feront point les autres, je te prie?
Illustre Créticus, si de gaze habillé,
Tu viens dans ce costume, au peuple émerveillé,
Dénoncer avec feu, Procula, Polinice?
— D'adultères connus, Fabuline est complice....
— D'un juste châtiment, eh! bien, fais-la punir;
Et Carfinie encor, si tel est ton plaisir;
Mais toutes deux, après la publique sentence,
De prendre ton habit, n'auraient point l'impudence.
— Le soleil de juillet m'a mis tout en sueur.
— Plaide nu : la folie a moins de déshonneur.
Il eût fait beau te voir sous ta toge du vice,
Interpréter les lois et rendre la justice,
A ces braves Romains revenus triomphans,
De blessures sans nombre encore tous sanglans;
Quand enfonçant leur soc dans la côte fertile,
Pour donner leur suffrage, ils emplissaient la ville.
Que ne dirais-tu point, si dans un tel état,
Tu voyais se carrer un grave magistrat?
Sous ta gaze, un témoin oserait-il paraître?
Et de la liberté, toi l'inflexible maître,
Tu reluis, Créticus, sous cet habit soyeux;
Le luxe t'a gâté d'un doigt contagieux;
Ton exemple à plusieurs, hélas! sera funeste;

Ainsi qu'un seul agneau malade de la peste,
Au troupeau tout entier, communique son mal,
Qu'un ladre à tous les porcs cause un trépas fatal,
Et que du seul aspect d'une grappe pourrie,
La grappe la plus belle à son tour est flétrie.

L'audace qu'on te voit sous ces mols vêtemens,
Te poussera bientôt à des faits infamans;
L'opprobre n'assaillit personne à l'improviste.
Certe, ils te recevront nouveau congréganiste,
Ces pontifes couverts de longs bonnets carrés,
Et d'une large étole autour du cou parés,
Qui mangent en gloutons, boivent jusqu'à l'ivresse,
Pour plaire aussi sans doute à la bonne déesse;
Bien que du sanctuaire un triste rituel,
Chasse la femme, hélas! comme un péché mortel.
Ils n'aiment que le mâle avec leur vierge sainte,
Ecoutez retentir ces cris dans leur enceinte:
O profanes! fuyez; point de femmes ici,
De leurs doux instrumens le cœur est amolli.
Ainsi ces baptisés aux lueurs des bougies (2)
Ont établi leur culte et leurs sales orgies,
Friands du sperme pur qui leur sert à pétrir
Le pain mystérieux empêchant de mourir.
L'un noircit ses sourcils qu'il étend sous l'aiguille,
Et peint en clignottant sa paupière mobile;
Dans un Priape en verre un autre à petits coups
S'humecte le gosier du nectar le plus doux,
Sous un réseau doré roulant sa chevelure
Il prend la chape bleue à brillante bordure,
Ou préfère un manteau de léger taffetas.
Son fidèle acolythe admire ses appas,
Et lui jure qu'il est une Junon nouvelle.

Celui-là tient d'Othon la dépouille immortelle,
Ce prix de sa valeur sur l'Arons des tréteaux,
Ce glorieux miroir où le noble héros
De son air martial contemplait tous les charmes,
Quand l'étendard levé faisait courir aux armes.
O mémorable fait, digne d'être cité
Dans nos fastes nouveaux à la postérité !...
A la guerre civile, un miroir....., quel bagage!
De ce fameux guerrier le plus sublime ouvrage
Sans doute de Galba c'est le meurtre inhumain;
La grande fermeté de ce fameux Romain,
Certes, c'est d'épiler sa peau si délicate;
A Bébriac encor son âme grande éclate
Quand il affecte au camp le luxe des palais,
Et s'empâte de pain, peur de faner ses traits;
Ce que Sémiramis ne songeait pas à faire
Quand ses Assyriens la suivaient à la guerre,
Ni le jour d'Actium, Cléopâtre à son bord,
Cléopâtre avant lui qui se donna la mort.

Là, dans ce noir conclave où règne la licence,
A table en leurs discours ni pudeur ni décence;
Là, Cybèle établit son culte libertin,
Là, libre de parler le jargon féminin,
Un vieillard fanatique à blanche chevelure
Est le primat sacré de cette bande impure;
Glouton miraculeux par sa voracité,
Comme un divin modèle il est partout cité.
Et tous les vrais dévots lui portent des aumônes.
Pour montrer la sagesse à nos jeunes personnes,
Que tardent-ils au gré du vieux rit phrygien (3),
De se trancher la chair qui ne veut créer rien.

Gracchus épris d'un cor ou je crois d'un trompette,

Des trente mille écus lui fait la dot complette,
On signe le contrat, on dit l'heureux refrain,
Tous les nobles amis prennent place au festin,
Et la nouvelle épouse, incapable d'attendre,
Dans les bras de l'époux mollement va s'étendre.
O graves magistrats! nous faut-il le censeur?
Nous faut-il l'aruspice? auriez-vous moins horreur,
Et serait-ce un prodige à vos yeux moindre encore,
Si des flancs d'une femme un veau venait d'éclore,
Si la génisse vierge accouchait d'un agneau?
Quoi! d'une mariée il a pris le bandeau,
Et la robe pudique, et la rose discrète!
Lui, qui par privilège est des dieux l'interprète,
Qui sua sous le faix des boucliers sacrés,
Cachant le don du ciel dans leurs liens serrés!
O père des Romains! dans quelle infecte ordure,
Tes pasteurs ont-il pris ce crime de nature?
D'où la contagion vomissant tous ses feux,
Vient-elle donc, ô Mars, ortier tes neveux?
Puissant par sa fortune et par son nom dans Rome,
Un homme vient, grand dieu, d'épouser un autre homme.
Et tu n'ébranles pas ton casque?.... Et ton courroux
N'a pas encor brandi ta lance sur eux tous?
Et tu n'as pas détruit cette maudite terre?
Quoi! tu n'implores pas la foudre de ton père?
Du champ où t'adorait le peuple souverain,
Sors donc, sors, puisqu'il est l'objet de ton dédain.

—Demain au Quirinal je dois être à l'aurore.
—Quelle si grande affaire? — Ignorez-vous encore?
Mon ami se marie, il prend un seul époux,
Et veut peu de témoins, car il craint les jaloux.
Vivons, et nous verrons le venal sacerdoce,

Bénir publiquement cette exécrable nocé;
On la fera transcrire aux registres civils.
Ces épouses pourtant, dans leurs ménages vils,
Ne sauraient espérer de fixer un volage
En lui donnant un fils, sa renaissante image.
Par bonheur, la nature immuable en son cours,
De ces monstres affreux se moquera toujours;
Ils mourront tout entiers.... En vain de ses topiques,
L'emphatique Lydé leur vend les sucs magiques;
Par l'agile Luperque ils font frapper en vain
Pour être fecondés, leur imbécile main.

Gracchus a couronné son œuvre monstrueuse,
Quand du trident armé, dans l'arène nombreuse
Il fuyait éperdu l'innocent Mìrmillon,
Et demandait au peuple un ignoble pardon;
Aux yeux des Marcellus, des Scaurus, des Camille,
Et des Capitolins, et des nouveaux Emile;
Lui, qui les surpassait par l'éclat de son sang,
Et tous les spectateurs assis au premier rang,
Sans excepter celui dont l'orgueil sanguinaire,
L'avait salarié pour être rétiaire.

Personne ne croit plus, pas même les enfans,
Hors ceux qui pas encor n'ont fait leurs jeunes dents,
Qu'il existe un enfer, de souterrains royaumes,
Des mânes éternels, des livides fantômes,
Dans le Styx enflammé des reptiles hideux,
Ni de nocher qui passe en ces marais fangeux,
Tant de milliers de morts dans sa seule nacelle.
Pour toi, qui comme nous, crois une âme immortelle,
Quels sont les sentimens du brave Curius,
Et des deux Scipion, et de Fabricius?

Que pensent les héros moissonnés à Crémère?
Et ces jeunes guerriers qu'un consul téméraire,
A Cannes vint livrer au farouche Africain?
Quand l'ombre d'un infâme apprend d'eux son destin.
Oh! qu'ils voudraient avoir, pour purger leur enceinte,
Le soufre et les flambeaux, les lauriers et l'eau sainte.
Misérables humains, tous nous descendrons là....
Notre gloire a passé la mer de Juverna,
Aux Orcades enfin ont triomphé nos armes;
Le peuple, aux courtes nuits qui trouve tant de charmes,
Le belliqueux Breton veut bien nous obéir;
Mais pas un des vaincus n'aura point à rougir
Des crimes du vainqueur suant l'ignominie,
Si ce n'est toutefois Zalatès d'Arménie,
Qui pourra répéter à ses jeunes amis,
Qu'à l'amour d'un tribun, en femme il s'est soumis.
Glorieux résultat du commerce de Rome....
Voilà dans cette ville, ainsi qu'on devient homme.
Il était cependant en ôtage donné,
Mais l'étranger à Rome a-t-il trop séjourné?
Les corrupteurs en foule abusent sa jeunesse;
Adieu de son pays la pudique rudesse,
Ses pesants javelots, ses recourbés poignards;
Adieu ses fiers coursiers et ses rapides chars,
Et dans son Artaxate il ramène de reste,
De nos patriciens la détestable peste.

SATIRE III.

LES EMBARRAS DE ROME.

Tout confus du départ de mon ancien ami,
A Cumes qui va prendre un solitaire abri,
J'approuve néanmoins qu'il aille en cette ville,
Donner un citoyen digne de la Sybille.
De Bayes c'est la porte, et ce séjour de paix,
A de charmans côteaux, des vallons pleins d'attraits.
Quant à moi, je préfère au quartier de Suburre,
De l'île de Procite une caverne obscure.
Oui, d'arides déserts, oui, des bords étrangers,
Me feraient moins horreur que les mille dangers
Dont menacent toujours cette Rome funeste,
La chûte des maisons, l'incendie et la peste,
Et sous un ciel en feu, pour comble de revers,
Les poètes glacés qui récitent leurs vers.

Tandis qu'on arrangeait sur un char de louage,
De ce fidèle ami tout le petit bagage,
Il s'arrêta non loin des vieux arcs triomphaux,
Que l'humide Capène arrose de ses eaux,
Au lieu même où Numa, ce bon roi qu'on oublie,
Donnait des rendez-vous à sa nocturne amie.
O honte! on donne à bail, à des juifs abhorrés,
Le temple, la fontaine, et les bosquets sacrés.
Hélas! tout est jonché de hottes et de paille;
Ainsi le veut la loi: chaque arbre doit la taille,
Et la forêt mendie et redemande en pleurs,

Les nymphes qu'ont fait fuir d'avides collecteurs.
Nous descendons. Voilà, du vallon d'Égérie,
La grotte autrefois pure, aujourd'hui tant flétrie.
Voici la source sainte. Arrêtons.... Si toujours
Les fleurs et le gazon eussent bordé son cours,
Si le marbre étranger, par un coupable faste,
Neût violé jamais le tuf intègre et chaste,
Oh! la divinité, propice à nos ayeux,
Par sa présence encor, nous rendrait tous heureux.

Alors Umbrutius me dit : puisque dans Rome
C'est un métier de sot que celui d'honnête homme,
A d'honnêtes travaux puisqu'on ne gagne rien,
Qu'aujourd'hui plus qu'hier se dissipe mon bien,
Et que demain mon reste y sauterait sans doute,
Allons où, fatigué de sa céleste route,
Dédale détacha ses ailes pour toujours.
Tandis qu'à dévider l'écheveau de mes jours,
Il reste à Lachésis sûrement un long terme;
Tandis que la vieillesse et vigoureuse et ferme
Ne fait encor de moi qu'un neuf et vert grison
Et que je puis marcher sans l'aide d'un bâton.

Fuyons Rome. Qu'Arthur et Catule y florissent,
Les crimes les plus noirs sous leurs mains se blanchissent,
Et ce grand art leur vaut l'entreprise des ports,
Des canaux, du bouage, et des convois des morts;
Sans compter des chapeaux sur l'encan des esclaves,
Que pour eux a conquis la lance de nos braves.
Ils n'étaient cependant que crieurs autrefois,
Puis comites à vie, on entendit leurs voix,
Que le buccin public a fait mieux reconnaître,
Au comice inviter le citoyen champêtre.

De leur belle conduite ils recueillent le fruit,
A leur moindre signal, on assomme sans bruit,
Qui leur convient du peuple, au nom du peuple même,
Puis on leur donne part à l'impôt du sel gemme.
J.— Pourquoi non? puisqu'ils sont de ces bas imposteurs,
Que la fortune élève au faîte des grandeurs,
Et qu'elle rit d'y voir encor salis de boue;
Tant des pauvres humains la cruelle se joue!
U.— Que faire à Rome, hélas! moi, je ne mens jamais;
Je dis qu'un mauvais livre est un livre mauvais.
Dans les astres je n'ai jamais fait de voyage:
Je ne puis ni ne veux, quelqu'en soit l'avantage,
Des pères à leurs fils cautionner la mort.
Dans le cœur des crapauds je ne lis point le sort.
Cacher les rendez-vous d'une épouse adultère,
C'est un art lucratif, mais je ne puis le faire;
Je n'aiderai jamais aucun crime, en un mot:
Aussi je pars tout seul, comme un pauvre manchot,
Comme un membre perclus aux autres inutile.
Ah! l'on n'aime aujourd'hui que le complice habile,
Dont l'esprit inventif s'applique avec ferveur,
A cacher un forfait du voile de l'honneur.
Si quelqu'un t'a fait part d'un projet estimable,
N'attends rien, l'on n'est plus envers toi redevable;
Mais Verrès te chérit, si tu peux à ton gré,
Convaincre un jour Verrès d'un grand crime ignoré.
J.— Dédaigne à pareil prix le Tage et son arène,
Et l'or que dans la mer son flot rapide entraîne,
Tu ne dormirais plus.... le tout-puissant patron,
Pour te ravir ces biens connaît un sûr poison....
U.— Peignons ceux qui des grands obtiennent le suffrage,
Ceux surtout que je fuis, l'opprobre de notre âge;
Peignons-les sans respect des grands, mot vide et vain...

Je ne puis plus souffrir, moi, citoyen romain,
Du vil rebut des Grecs Rome toute remplie....
J. — Mais l'ordure achéenne est en moindre partie...
Dans le Tibre étonné roulant ses flots impurs;
Depuis long-temps l'Oronte inonde aussi nos murs;
Voyez ses mœurs, sa langue et sa lyre amoureuse,
Et son gai tambourin, et sa flûte joyeuse,
Et l'essaim frétillant de ses molles beautés,
Dans le cirque en plein jour vendant des voluptés;
Courez, vous, que séduit par sa mitre en peinture,
Une louve étrangère outrageant la nature....
U. — Ton peuple, Romulus, est rustique et grossier (1)
De s'honorer encor du belliqueux collier,
Et de se décorer des prix de la victoire.
Les potentats du jour ne veulent point de gloire;
Mais l'obscène bouffon d'Alabande et d'Andros,
L'effilé baladin de Tralle et de Samos,
Et l'aigrefin ventru que vomit Sicyone,
Sont le plus beau fleuron de la neuve couronne.
Chéris d'un souverain plus méprisable qu'eux,
Du haut du capitole ils s'égalent aux dieux.
Un Romain montre-t-il une mâle éloquence,
On l'accuse d'audace, ou plutôt de démence.
Dans leurs fades discours que l'on dit impromptus,
Eux, ils sont plus corrects et plus vifs qu'Isæus.
J. — Pourquoi s'imaginer une chose pareille?
Un Grec, du monde entier n'est-il pas la merveille?
De chaque homme à lui seul un Grec a le talent,
Il est rhéteur nerveux, grammairien savant,
Habile médecin, religieux augure;
Il brille en poésie, il excelle en peinture,
Il danse sur la corde, il est magicien,
Il coupe et tond aussi très-proprement un chien.

Que n'est-il point? un Grec, lorsque la faim le presse,
De monter dans les cieux vous tiendrait la promesse.
Celui qui revola sous la voûte d'azur (2),
Était bien né natif d'Athènes, j'en suis sûr.
U.— Et je ne fuirais pas cet artisan d'intrigues,
Adjugé dans un lot de pruneaux et de figues,
Qu'à la foire de Rome amène un même vent?
Quoi donc, quoi, sous la pourpre un intrus se carrant,
De signer avant moi prendra le privilége,
Et d'un banquet civique aura le premier siége?
A quoi sert-il d'avoir, en naissant libre enfin,
Respiré librement l'air pur de l'Aventin,
D'avoir été nourri sur la côte sabine,
Du cornouiller planté par une main divine?
J.— N'oubliez point qu'un Grec, sincère adulateur,
Sait en rare beauté transformer la laideur,
De ce prince efflanqué, vainqueur si ridicule,
Il compare la force à la force d'Hercule,
Etouffant le géant par un seul tour de bras :
Il change en Apollon, le moderne Midas,
Qui fredonne ses vers d'une voix plus criarde
Qu'un coq brûlant d'amour, qui trouve une poularde:
Et sur des tons si doux, il tient de doux propos,
C'est Philomèle en pleurs, qui charme les échos.
Flattons aussi les grands, ils en donnent licence.
U.— D'accord : mais le Grec seul inspire confiance.
J.— Au théâtre, voyez comme il joue avec art
La vierge à l'œil naïf, la matrone sans fard,
Et la vive Doris, sans voile et sans parure,
Belle comme Vénus sortant de l'onde pure;
Son sein voluptueux se soulève....., et plus bas
Les yeux ont distingué les amoureux appas.
Roi superbe, soudain par un autre prodige,

Il montre Antiochus avec tout son prestige.
Tourne-t-il? Stratoclès le plus fier des censeurs,
Paraît, et gravement tonne contre les mœurs;
Puis en Démétrius il se métamorphose,
Et chante au mol Hémis des couplets à la rose.
(Toute sa nation possède ce talent.)
Riez-vous? son gros rire éclate longuement.
Voit-il vos yeux mouillés d'une larme soudaine?
Il fond en pleurs amers sans douleur et sans peine;
Vous approchez du feu par un brouillard nouveau,
L'adulateur habile endosse son manteau.
Dites un peu : j'ai chaud, vous verrez, je le jure,
La sueur à grands flots inonder sa figure.
Comment être l'égal d'un tel comédien?
Il sera préféré toujours aux gens de bien,
Celui qui nuit et jour peut changer de langage,
Et sur les traits d'autrui modeler son visage;
Qui prêt à tout blâmer, prêt à trouver tout bon,
Jusqu'à la garde-robe escorte le patron,
Et trouve qu'avec grâce il sait s'y satisfaire,
Ou que ce nouveau dieu décharge le tonnerre.
U.— Trève.... Mais quoi, par eux fut jamais respecté?
Non, rien n'est à couvert de leur lubricité;
Ils trompent sans remords, par le charme du vice,
Une crédule mère, ou sa fille novice,
Ou l'époux, ou son fils pudique jusqu'alors.
Souvent sur la grand'mère ils tombent corps à corps,
Par leur art corrupteur c'est ainsi que les traîtres
S'emparent des secrets, et font trembler les maîtres.
J.— Avant que de frapper les Grecs des derniers traits,
Allez dans le Gymnase apprendre les hauts faits
D'un stoïque estimé par sa robe et par l'âge.
Ce grave philosophe était né sur la plage

Où Pégase perdit une aile au temps jadis;
Eh bien! à son élève aimable, doux, soumis,
Au jeune Barréas, ce stoïque, ce sage,
A fait donner la mort par son faux témoignage.
U.— Non, l'on ne verra plus place pour un Romain,
Aux lieux où paraîtront Pythodore, Eucratin,
Erymanthe, Agathon, Dyphile, Protogéné,
Envieux et jaloux par humeur indigène;
D'un ami sans partage ils veulent les faveurs;
Tout pour eux seuls: sitôt qu'un de ces imposteurs,
Fascine le patron dont l'oreille facile
S'abreuve du venin que leur pays distille,
Je suis de la maison pour toujours éconduit,
Mes services passés, mes soins, tout est détruit.
La perte d'un client à Rome est si petite!
J.— Mais ne nous flattons point, quel est notre mérite?
Comment un autre hélas! pourrait-il à son tour,
Témoigner son respect, son zèle, son amour?
Si, pendant que la nuit règne en paix sur le monde,
Pendant que le préteur qui commence sa ronde,
Gourmande son licteur accablé de sommeil,
Le flatteur grec s'habille et guette le réveil
Des veuves, qu'un regret dans leurs lits solitaires,
Agite, et fait lever tous les jours les premières.
Il tremble que, guidé par un heureux hasard,
Son ami d'Albina n'ait le premier regard.
Côte à côte d'un grand, fier de son laticlave,
Il suit au point du jour un opulent esclave.
Cet autre potentat n'a-t-il pas un trésor;
Naïs lui sourit-elle? il lui donne autant d'or
Qu'en reçoit un tribun par campagne de guerre.
Il achète encore plus de la belle Néerre,
Le bonheur inoui de dormir sur son sein;

Puis le Grec confident à tour de rôle enfin,
Les exploite gratis et palpite sur elles.
Pour toi, n'espère rien, même des moins cruelles :
Lorsqu'une coutisane éveille ton désir,
Ne pouvant point payer ce vulgaire plaisir,
Tu fuis, c'est vainement que tu ferais descendre
Flore pour les passans et si bonne et si tendre.
U.— Amenez un témoin plein de rares vertus,
Fût-ce Numa lui-même, eût-il en Métellus,
Sauvé d'un temple en feu la tremblante Minerve ;
On s'informe aussitôt de son cens...., on réserve
En dernier lieu sans doute, à demander ses mœurs.
Est-il bien riche? a-t-il de nombreux serviteurs?
Combien a-t-il d'arpens de terre et de prairie?
Montre-t-il sur sa table élégamment servie,
Une riche vaisselle et des mets délicats?
La probité, mon cher, ne se présume pas,
On la prouve dûment en espèce sonnante.
Le coffre est-il plein d'or? la preuve est concluante.
Tu jurerais en vain par les plus saints autels ;
On croit que l'indigent se rit des immortels :
Et pourquoi craindrait-il ce vain foudre qui tonne?
Si nos dieux les premiers ont besoin qu'il pardonne.

En quelque lieux qu'il aille, on voit de toutes parts,
Tomber sur l'indigent de coupables brocards ;
Tantôt c'est son manteau que de trop longs services,
Couvrent dans mille endroits de larges cicatrices.
C'est sa toge un peu sale, et tantôt son soulier,
Qui s'entrouvre ou qui montre un fil neuf et grossier,
Dont le réparateur de l'humaine chaussure,
S'est servi pour guérir une énorme blessure.
Funeste pauvreté!... Le plus dur de tes maux,

C'est d'être ridicule aux yeux même des sots.
L'indigent dans nos jeux ne trouve point de place :
S'asseoit-il ? on s'écrie : ah ! voyez son audace....
Qu'on le fasse sortir...., il n'a point de pudeur
De venir se placer au rang d'un électeur,
Lui qui n'a pas le cens voulu par l'ordonnance.
Venez donc tous ici, venez prendre séance,
Illustres rejetons de recors, de frippiers,
Et vous, fils élégans de crasseux gargotiers.
Venez aussi, venez, soutiens des lieux infâmes,
Vous, qui prostituez vos filles et vos femmes;
Les spectateurs ravis pour vous battront des mains.
Quoi ! l'or, non la vertu, distingue les Romains.
Sachez, sachez le but de ce tarif bizarre;
L'or, à porter des fers, lentement vous prépare.
Voyez depuis la loi du puéril Othon,
Sans le cens exigé, puisqu'à rien l'on n'est bon,
Pour son gendre jamais un père de famille
A-t-il pris un ami moins riche que sa fille ?
A-t-il pu sans remords léguer aux indigens,
Des dons qui détruiraient le cens de ses enfans ?
L'édile, en son conseil a-t-il bien pu lui-même
S'assister de quelqu'un privé du cens suprême ?
Ah ! pourquoi nos ayeux, réunis une fois,
N'ont-ils pas fui de Rome, ou rétabli nos droits ?

Ailleurs, quand la misère entre dans le ménage,
La vertu peut encor se sauver du naufrage;
Mais à Rome, malgré le plus pénible effort,
Il faut désespérer de parvenir au port.
On paie à si haut prix le réduit des esclaves,
Et leur triste pitance, et les choux, et les raves,
Que l'on mange, il est vrai, dans un vase doré,

Car du natal argile on est déshonoré.
Il n'en rougissait pas, le conquérant rapide,
De l'opulent Samnite et du Marse intrépide :
Content du manteau bleu de nos braves soldats,
Curius partageait leurs modestes repas.
Puisqu'à la vérité j'ai consacré ma vie,
Je dirai qu'il existe encor en Italie,
Un canton où chacun, satisfait de son sort,
N'est orné de la toge à moins qu'il ne soit mort.
De la fête des dieux la pompe solennelle,
S'y célèbre en plein air, sur une herbe nouvelle.
Là, le mime grotesque, agitant ses grelots,
Rassemble encor la foule autour des vieux tréteaux.
Son hideux masque blême, à la bouche béante,
Fait encore pousser un long cri d'épouvante
A l'enfant qu'une mère apporte dans ses bras.
La, les grands des petits ne se distinguent pas;
Tous citoyens égaux, ils sont vêtus de même,
L'écharpe tricolore est l'insigne suprême
Qui montre et fait chérir le premier magistrat.
Ici pour soutenir le faste et son éclat,
Il faudrait posséder plus que le nécessaire,
Et recourir souvent à la bourse usuraire.
Ici vice commun, l'intrigant effronté,
Sous de pompeux habits cache sa nullité.
Abrégeons; tout à Rome est à vendre et s'achète.
Combien donneras-tu pour que Cossus t'admette
A l'honneur de venir lui faire aussi ta cour?
Ou pour que Véjenton te reçoive à ton tour,
Et, sans t'injurier, accueille ta requête?
D'un esclave adoré, l'un fait raser la tête,
Et dans un riche écrin il place ses cheveux;
Cet autre de sa barbe a fait hommage aux dieux,

Le palais aussitôt se remplit de brioches,
Que paieront chèrement les amis et les proches.
J'entre, un des gens vers moi s'empresse d'accourir,
De ce beau jour, dit-il, gardez le souvenir,
Prenez cette brioche; il faut vider ma bourse,
Et donner en tribut ma dernière ressource,
Pour enrichir l'esclave à qui plus d'un patron,
Lui-même à nos dépens fait souvent la leçon.

Dans Preneste au ciel pur, aux fortunés rivages,
Et dans Volsinium couvert de frais ombrages,
Et dans Gabie, où règne une aimable candeur,
Qui jamais ressentit la prophétique horreur,
D'être englouti vivant au milieu des ruines?
Ici, tout se soutient par de frêles machines;
Sur nous reste en suspens un imminent danger,
Ces vieux murs croûleraient, certes, si le voyer
N'eût retardé leur chûte avec son ordonnance,
Qui prescrit de dormir en pleine confiance.
Il faut partir, il faut aller vivre en un lieu
Où je ne craindrai plus ni ruines ni feu.
Pendant toute la nuit c'est un affreux vacarme,
Ucalégeon s'éveille au premier cri d'alarme.
Le troisième est en flamme: égoïste voisin,
Au lieu de t'avertir, il sauve son butin.
Tu l'ignores: ainsi quand le sourd incendie
Court d'étage en étage avec plus de furie,
Le pauvre, que défend de la pluie et du vent,
Le comble, où les pigeons déposent mollement
Leurs œufs, leurs tendres œufs, d'amour sensible gage,
De rôtir le dernier a le triste avantage.

Codrus trouvait relâche à son chagrin poignant (5),
Sur un petit grabat plus court qu'un lit de camp,

Une coupe et six plats d'une forme rustique,
Décoraient un buffet qu'une statue antique,
Un vieux Chiron courbé, soutenait sur son dos.
Un vieux coffre enfermait plusieurs livres nouveaux
Et du noble Opicus la douce poésie,
Que des rats plébéiens rongeaient sans jalousie.
— Codrus n'avait donc rien? — Qui voudrait le nier
Mais ce rien qu'il avait, il le perd tout entier.
Le pauvre malheureux, pour comble de détresse,
Lorsqu'il se voit tout nu, lorsque la faim le presse,
Parmi tous les richards il n'est pas un humain,
Qui lui donne un asile, un habit ou du pain.
Si l'opulent Arthure est victime des flammes,
Un désespoir affreux s'empare de nos dames,
La noblesse est en deuil comme aux funèbres jours,
Et le préteur suspend la justice en son cours.
On gémit, on maudit le feu dont la furie,
Par un si grand malheur accable la patrie.
Il brûle encor, et tous accourent à la fois,
L'un s'engage à fournir des marbres et des bois,
L'autre veut à ses frais relever l'édifice;
Ceux-là, plus généreux, feront le sacrifice
Des bustes enrichis par l'ivoire et par l'or;
D'autres de Polyclète ainsi que d'Euphranor
Donneront les tableaux, les bronzes magnifiques,
Et, chefs-d'œuvre de l'art, ces belles mosaïques (4),
Qui décoraient jadis les seuls temples des dieux.
C'est à qui portera des livres précieux,
Placés sur des rayons d'un merveilleux ouvrage,
Et Minerve au milieu pour protéger ce sage.
Arthure en un instant a des boisseaux d'écus,
Dans désastre pareil l'avare Persicus,
Le plus riche, dit-on, de nos célibataires,

Fit un plus grand amas des tributs ordinaires ;
Et c'est avec raison qu'on l'accusait après
D'avoir par ce motif allumé son palais.

Si tu peux t'arracher du cirque et de ses fêtes,
D'agréables maisons pour toi sont toutes prêtes,
Tu les posséderas pour un bien moindre prix
Que ne coûte par an ton ténébreux logis ;
Allons à Frusinone, à Sore, à Fabraterre;
Là, dans chaque jardin un puits à fleur de terre,
Laisse prendre sans corde et sans efforts gênans,
L'eau qui fait feconder les légumes naissans.
Là, le sarcloir en main, soignons le jardinage,
Et nous recueillerons, par ce facile ouvrage,
Assez pour régaler Pythagore et les siens.
Ah! quand on a brisé de serviles liens,
Qu'il est doux de pouvoir en paix et loin du monde (5),
Dominer dans le coin d'une grotte profonde,
Et de ne voir ramper que l'innocent lézard!
Ici, les alimens, gâtés en grande part,
Allument dans le sang une langueur mortelle,
Et le malade meurt à sa veille cruelle (6);
Car vous cherchez en vain un tranquille quartier,
On ne trouve jamais de sommeil en loyer.
Ce n'est qu'au sein de l'or qu'on peut dormir à Rome :
Souvent de tous nos maux pour compléter la somme,
Dans un passage étroit se raccrochent des chars,
Le bruit injurieux causé par leurs retards (7),
Doit éveiller Drusus dans sa grotte sauvage,
Et tous les veaux marins sur leur lointain rivage.
S'agit-il de remplir un civique devoir,
De courir dans la foule, un riche a le pouvoir;
A ses rudes porteurs venus de Liburnie,

Ne point céder le pas vous coûterait la vie.
Il lit, écrit ou dort, si tel est son plaisir:
Une litière close est si douce à dormir.
Le premier il arrive au but qu'il se propose;
Moi, je me hâte en vain, à mes vœux tout s'oppose,
Le peuple désœuvré se croisant à grands flots,
Je suis prêt d'étouffer dans cet affreux cahos.
A ce triste accident si par hasard j'échappe,
On me heurte du coude, ou d'un ais on me frappe,
L'un me casse la tête avec un soliveau,
L'autre me froisse ailleurs d'un vase rempli d'eau,
Je suis éclaboussé jusques à la ceinture,
Et mes pieds sont foulés par l'énorme chaussure
D'un lourd centurion qui ne sent pas, je crois,
Ses éperons sanglans me déchirer les doigts.

Près du palais des grands, vois-tu cette fumée?
De plus de cent cliens une tourbe affamée,
S'agite en attendant la sportule en retard.
Il faut que chacun d'eux fasse cuisine à part.
Le bœuf, dieu gras du Nil, soutiendrait avec peine (8)
Ces rations, ces plats empilés par dizaine,
Que porte, tête roide, un petit malheureux,
Un esclave en courant éventant tous les feux.
Sur ce distributeur pêle mêle on se rue,
Et plus d'une tunique à demi recousue,
Est réduite en lambeaux dans ce débat sanglant.
Bientôt un long sapin de résine luisant,
Vient sur une charrette, et menace la foule.
Sur des chars opposés le pin pesamment roule;
Ils se heurtent: vois-les fortement s'affaisser;
Ils vont tomber, ô ciel! ils vont tout écraser....
J. — Bah! si l'essieu, chargé de l'ambulante masse,

Se rompant tout-àcoup, broye la populace,
On n'y songe pas plus qu'à de vils animaux.
Et pourquoi rechercher leurs membres et leurs os?
C'est la mode en ce cas qu'un cadavre vulgaire
Disparaisse en entier comme de la poussière;
La maison du seigneur a bien d'autres tracas....
Sans crainte, sans soucis elle lave les plats,
Prépare le foyer, d'un long souffle l'allume,
Fait sonner les frottoirs que l'essence parfume,
Et met en ordre l'huile et les linges du bain.
Voilà l'unique objet dont on s'occupe enfin,
Tandis qu'assis déjà sur les rivages sombres,
A l'aspect imprévu du noir nocher des ombres,
Le pauvre malheureux est saisi de terreur.
Hélas! il a perdu l'espoir consolateur:
Caron l'a repoussé d'un air rude et farouche,
Parce qu'il n'avait pas l'obole dans la bouche.
U.— Songe un peu maintenant aux dangers qu'en nos murs,
Nous ramène la nuit sous ses voiles obscurs,
La tuile pleut des toits, et sa chute mortelle,
Du passant étonné fait sauter la cervelle:
Des fenêtres, sur nous l'on jette à chaque pas,
Ou des vases fêlés, ou des pots en éclats.
Juge leur pesanteur, à la profonde trace,
Imprimée au pavé qui parfois se fracasse.
Il agit comme un fou, du moins imprudemment,
Celui qui sort souper sans faire un testament.
Dans la nuit, le trépas veille à chaque fenêtre,
Tremble qu'à ton passage il ne te prenne en traître:
Oui, tu dois souhaiter, c'est le vœu le plus sûr,
De n'être qu'aspergé par quelque vase impur.

On rencontre souvent, pour surcroît de misère,

Un quidam furieux de vin et de colère.
Son plus cruel tourment c'est de ne trouver pas (9),
Quelqu'un à qui casser les jambes et les bras.
Comme Achille pleurant durant la nuit obscure,
De son défunt ami la tragique aventure,
Sur son ventre il se roule, il tourne sur son dos.
— Ne peut-il autrement s'endormir en repos?
— Non, non, pour ces héros amoureux du tapage,
Le sommeil ne vient point sans la rixe d'usage.
Bien que des jeunes ans la bouillante vigueur,
Et le ferment du vin redouble sa fureur,
Ce fanfaron nocturne est assez sage encore,
Pour èviter celui que la pourpre décore,
Et ses nombreux cliens qui tiennent à la main,
Des flambeaux argentés ou des fallots d'airain.
C'est sur moi seulement que tombe sa rancune,
Moi qui n'ai pour marcher que le clair de la lune,
Ou la faible lueur d'un modeste bougeoir,
Dont j'écarte à propos la mèche, afin d'y voir.
Veux-tu savoir par où notre débat commence,
Si c'est un vrai débat que d'être sans défense,
En but à ce brutal qui me crible de coups?
Tout devant moi d'abord il se plante en courroux,
« Halte-là, me dit-il, fais voir un peu ta face.... »
Il faut bien obéir, que veux-tu que je fasse?
Sous le règne actuel le faible a toujours tort,
Vis-à-vis d'un tyran fier du droit du plus fort.
« Gros enflé d'haricots arrosés de vinaigre,
» Holà! oh! d'où viens-tu? Quel savetier intègre
» Avec toi, juste en deux, partageant son ognon,
» Mangea son fin bouilli de lèvres de mouton?
» A me répondre mieux à l'instant je t'invite,
» Sinon d'un coup de pied je te...... parle plus vite;

» Allons donc, l'ami, parle.... Où vas-tu te coucher?
» Dans quelle synagogue irai-je te chercher? »
En vain de lui répondre on a la complaisance,
On veut en vain de lui s'esquiver en silence;
Rien ne fait: l'enragé vous maltraite d'excès,
Et court pour en finir vous faire un bon procès.
Telle est la liberté dont on jouit à Rome;
Tels sont nos droits, à nous, hélas! quand un bon homme
Est battu simplement, il doit dire merci;
Par un poing vigoureux et quand il est meurtri,
Si de ses pauvres dents il peut en sauver une,
Il lui faut adorer cette bonne fortune.

Mais de plus grands périls tu te dois effrayer,
Un essaim de voleurs cherche à te spolier,
Sitôt que tout se tait sur les places publiques,
Et qu'un triple verrou protége les boutiques.
Souvent avec le fer un sanglant assassin,
Accourt impunément arracher son butin.
Par les armes sa bande en sûreté domine,
Dans les marais Pontins, dans les bois de Galline:
En ordre on les voit tous parfois se déployer,
Et s'emparer de Rome ainsi que d'un vivier.
Quand a-t-on fabriqué des chaînes aussi graves?
On use tant de fer à forger des entraves,
Que tout bon citoyen doit redouter de voir,
Manquer un jour, le soc, la bêche et le sarcloir.
Oh! siècle fortuné des ayeux de nos pères,
Où Rome sous la loi des tribuns populaires,
Savait se contenter d'une seule prison!

Je pourrais t'alléguer plus d'une autre raison;
Mais le soleil s'abaisse, et déjà l'attelage

Se plaint de ma lenteur dans son aigu langage :
Entends du muletier le long fouet retentir,
C'est un dernier signal qu'il me fait de partir.
Adieu donc, d'un ami ne perd pas souvenance,
Sous le soleil d'Aquin, doux lieux de ta naissance,
Si tu viens quelquefois réchauffer tes vertus,
De Cumes à l'instant arrache Umbritius,
Et nous adorerons en dépit du profane,
La féconde Cérès, et la chaste Diane.
Si tu ne rougis pas d'implorer leur secours,
Dans l'arène glacée à ton aide j'accours;
J'accours....... et tous les deux chaussés de lourdes bottes,
Nous foulerons aux pieds le vice et les despotes.

SATIRE VII.

MISÈRE DES GENS DE LETTRES.

T. — Gloire, gloire à César !... César, seul aujourd'hui (1)
Des beaux arts est l'espoir et le plus ferme appui :
Ce prince généreux, lui seul a dans l'orage
Préservé les neuf sœurs d'un affligeant naufrage ;
Il était temps : déjà plus d'un célèbre auteur
Se mettait dans Gabie aux gages d'un baigneur ;
Des poëtes fameux par leur verve divine,
Etaient réduits dans Rome à bluter la farine,
D'autres prenaient sans honte et sans baisser les yeux,
Le métier de crieur qui les illustrait mieux :
Puisque, contrainte alors de fuir loin des bocages,
Dont l'onde Aganippide entretient les ombrages,
Clio même, Clio, prête à mourir de faim,
A la porte des grands venait tendre la main.
J. — Ces savans avaient tous raison, sur ma parole,
Pour toi, si tu ne peux gagner même une obole,
A rêver plus long-temps dans le double vallon,
De Machera préfère et l'état et le nom :
Brocante comme lui, dirige les enchères,
Va vendre au plus offrant des trépieds, des aiguières,
Des chaudrons, des soufflets, l'Alcyon du Bacchus (2),
Et si tu vois des sots, la Thèbes de Faustus ;
Cela vaudra bien mieux que d'aller en parjure,
Dire devant un juge, *oui, j'ai vu, je l'assure*,
Alors qu'il est certain que tu n'as pu rien voir.
Désormais abandonne un aussi beau savoir

Aux illustres enfans de la brûlante Asie,
Et de la Cappadoce et de la Galatie,
Qui, dans Rome aujourd'hui, chevaliers signalés,
Sont arrivés pieds nus, deux à deux accouplés.
T.— Oui, vous qui savez joindre une mâle éloquence,
Aux magiques accords d'une molle cadence,
Vous, qui vous nourrissez du laurier de Phébus,
Courage! désormais l'on ne vous verra plus
Descendre à des travaux indignes du mérite......
Courage, jeunes gens! notre chef vous invite,
Il a fixé sur vous de propices regards;
Livrez-vous avec zèle à l'étude, aux beaux arts:
Oui, ce prince éclairé, dans sa munificence,
Prépare à vos talens une ample récompense.
J.— Pauvre Télésinus, ah! quelle est ton erreur?....
Quoi! tu crois à l'appui d'un pareil protecteur?
Si ce flatteur espoir a ranimé ta plume,
Et t'a fait enfanter volume sur volume,
Mets en flamme un fagot dans ton humble foyer,
Et fais sans nul regret, de ton recueil entier,
A l'époux de Vénus un prudent sacrifice,
Ou si c'est pour ton cœur un trop rude supplice,
Dans un coffre renferme et ta prose et tes vers,
Et défends-les sur-tout de l'attaque des vers.
Et toi qui te repais de chimères pareilles,
Efface les combats, triste fruit de tes veilles,
Brise, brise ta plume, auteur infortuné;
Toi, qui dans un réduit tristement confiné,
Vas chercher le sublime au sein même des nues,
Pour un lierre stérile ou de maigres statues.
N'espère rien de plus, le riche de nos jours,
Avare de son or, prodigue en beaux discours,
Tel que le jeune enfant près du paon se récrie,

Sur un œuvre divin se pâme et s'extasie :
Cependant que le temps, l'irréparable temps,
Comme un torrent s'écoule, et nous rend impuissans
Aux travaux de Cérès, de Mars ou de Neptune ;
Puis de sombres dégoûts comblent notre infortune,
Et les vieillards instruits, mais tout nus et sans pain (3),
Maudissent Terpsychore et leur affreux destin.
Viens apprendre à présent par quelle heureuse adresse,
Cet objet de ton culte élude sa promesse ;
Lui-même il fait des vers en dépit d'Apollon,
Dont il a déserté le temple avec raison ;
Et s'il veut bien céder la palme au seul Homère,
C'est que depuis mille ans le monde le révère.
T.— Des suffrages publics, mais si l'on est épris (4),
Il ouvre l'Odéon pour lire nos écrits :
Un poste armé de fer par ses soins nous protége,
On croirait voir un fort inquiet d'un long siége ;
De plus, il fait placer sur les derniers gradins,
Ses affranchis nombreux prêts à battre des mains ;
Et ses nobles amis, foule très-complaisante,
Applaudissent l'auteur d'une voix éclatante.
J.— Il est vrai ; mais ni lui, ni tous ses courtisans,
Ne subviendront aux frais de l'orchestre et des bancs,
Et de tous les décors, loués un prix immense,
Qu'il faut faire emporter quand finit la séance.
Quoi! ne voyez-vous pas que faire ainsi des vers,
C'est tracer des sillons sur le sable des mers,
Ou promener le soc sur un rocher stérile.
T.— D'abjurer l'art des vers l'effort est inutile,
L'amour-propre nous tient enchaînés dans ses rêts ;
La rage poétique a de si doux attraits!
L'orgueil de composer, incurable délire,
Sur trop d'hommes hélas! exerce son empire :

Dans un cœur qui vieillit il domine plus fort,
Et torture en bourreau l'esprit jusqu'à la mort.
J. — Eh bien! apprenez donc ce qui forme un génie,
Dont l'énergique vers coule plein d'harmonie,
Qui dans le moindre mot, sublime, original,
Ne frappe jamais rien sur un coin trivial:
Un auteur tel enfin que je ne puis le dire,
Mais comme seulement je le sens et l'admire:
C'est un esprit exempt de toute anxiété,
Loin d'un monde importun cherchant la liberté,
Qui désire des bois la douce rêverie,
Et veut boire à longs traits les eaux de l'Aonie.
La froide pauvreté, sans appui, sans argent,
Qu'assiége nuit et jour le besoin exigeant,
Ne peut pas manier dans un heureux délire,
Le thyrse orné de pampre, ou l'amoureuse lyre,
Ni faire retentir d'harmonieux concerts
L'antre de Piérie et ses bois toujours verts.
Avant que d'entonner l'Euoé d'allégresse,
Horace était rempli d'une joyeuse ivresse.
Comment donnerons-nous l'essor à nos talens,
Si notre âme, inhabile à souffrir deux tourmens,
Ne fait de l'art des vers sa seule inquiétude,
Et ne s'assujettit à d'autre servitude
Qu'à celle de Phébus ou du dieu de Naxos ?
Le besoin d'un habit trouble-t-il son repos?
Un auteur généreux se morfond et se glace.
Il faut du cœur, il faut une intrépide audace
Pour guider aux combats les coursiers et les chars,
Et contempler des dieux les foudroyans regards,
Et la pâle Erinnys à la robe sanglante,
Dans le cœur de Turnus répandant l'épouvante.
Non, Virgile exilé du paternel séjour,

Sans le bel Alexis, trop cher à son amour,
N'eût jamais sur le front de sa furie altière
Secoué ces serpens sifflans dans sa crinière :
Son Alecton sonnant le buccin des enfers,
D'affreux gémissemens n'eût point glacé les airs.
Rubrénus, à son tour, lape loin du Permesse ;
Mais comment exiger que sa muse en détresse
Atteigne la hauteur du vieux cothurne grec,
Lui qui fut obligé, pour avoir du pain sec,
De porter son manteau chez le prêteur sur gage,
Quand de l'horrible Atrée il fit l'horrible ouvrage.
Par malheur, Numitor son protecteur puissant,
Ne pouvait point l'aider dans ce besoin pressant ;
Il lui fallait alors faire un grand sacrifice,
Pour jouir des faveurs d'une charmante actrice.
De plus, au poids de l'or il avait acheté
Par pure bienfaisance, un lion tout dompté,
Qui lui coûtait beaucoup chaque jour à repaître.
Bref, ce bon Numitor s'imaginait peut-être
Que sa bête féroce avait moins d'appétit,
Et le ventre moins grand que son homme d'esprit.
T.— Lucain, fier de son nom mollement se repose,
Dans ses riches jardins sous le myrte et la rose.
J.— Oui, mais pour Serranus et l'humble Saleien,
La gloire la plus grande est peu de chose ou rien.
T. — Quand Stace a donné jour pour lire son poëme,
Rome accourt écouter la douce voix qu'elle aime :
Oh ! quels transports de joie ! oh ! quels trépignemens !
Oh ! comme ses beaux vers captivent tous les sens !
J.— Tous les bancs sont rompus dans ce bruyant délire,
Et toutefois, de faim le pauvre Stace expire,
Si plus cruel qu'Agave et plus infortuné,
Il ne vend de sa muse un enfant nouveau-né ;

A ce Pâris, qui donne à ses flatteurs serviles
Le pouvoir militaire et les charges civiles :
Qui désigne à son gré les augures nouveaux (5),
Que lui-même investit des célestes anneaux.
Or, puisque sur les grands cet histrion domine,
N'allez plus fatiguer la race camerine :
Aux nobles Barréas pourquoi faire la cour ?
Les tribuns, les préfets sont nommés chaque jour (6)
Par Pélops le tragique, ou par quelqu'autre mime.
Au poëte après tout, ne faites pas un crime
A son tour si pour vivre il se vend aux acteurs.
Où peut-il aujourd'hui trouver des protecteurs ?
Où sont les Fabius, les Cotta, les Mécènes,
Et ces noms illustrés dans les lettres romaines ?
De leur temps, le génie estimé son vrai prix,
Pouvait utilement pâlir sur ses écrits,
Certain de récompense, il pouvait en décembre,
S'abstenir du gros vin qu'on donne à l'antichambre.

Pour vous qui de l'histoire éclaircissez la nuit,
Peut-être vos travaux produiront plus de fruit :
Ils demandent du temps, des veilles, du courage,
Le plus mince sujet, à sa millième page,
Est souvent loin du but, qui se laisse oublier,
Et ce volume épais vous ruine en papier.
Ici vous me direz que le genre historique
Exige des détails l'abondance classique.
Soit : mais quelle moisson récolte l'écrivain,
Qui défriche avec peine un si rude terrain ?
Il ne gagne pas tant qu'un greffier mercenaire.
Pour un tel paresseux, les grands disent : que faire ?
Sous des ombrages frais il aime à s'amollir,
Et revient dans son lit de son long s'endormir.

Voyons pour être heureux s'il sera plus commode
D'étudier les lois, d'approfondir le code,
Et de fades arrêts d'éplucher le fatras ?
L'avocat sur ses gains lui-même fait fracas,
Quand pour avoir crédit il veut en faire accroire,
Ou quand, lui présentant un suranné mémoire,
Un marchand, des retards justement effrayé,
L'assaille vivement afin d'être payé :
De mensonges pommés poche toujourss bien pleines,
Son estomac alors en souffle par douzaines,
Et la salive à flots déborde sur son sein.
Mais quel fruit du métier recueille-t-il enfin ?
Prenez pour le savoir des balances.... ensuite
D'une part assemblez cent avocats d'élite,
Réunissez leurs biens et mettez d'autre part (7),
Ceux d'un seul cocher roux à robe de lézard.
Consedere duces *, et Bridoison préside.
Allons, poussif Ajax, au teint blême et livide,
Lève-toi pour défendre en vigoureux Stentor,
La liberté d'un homme, hélas ! douteuse encor.
Pour une verte palme, honneur de la tribune (8),
Çà, brise tes poumons, compagnon d'infortune.
Puis quel prix auras-tu pour tes pénibles cris ?
Un jambon rance et sec dédaigné des souris ;
Quelques poissons bourbeux, des ognons sans tunique,
Quotidien régal des esclaves d'Afrique,
Ou cinq cruches de vin d'un déboire odieux,
Qu'amène à peu de frais le Tibre dans ces lieux.
Plaides-tu quatre fois cette importante affaire ?
Si d'une pièce d'or tu reçois le salaire,
Il faut, suivant l'usage et les lois d'à-présent,
En donner les trois quarts au noble président.

* Les juges sont assis.

— Le borgne Emilius obtient ce qu'il exige ;
Moins bien que nous pourtant il conduit un litige.
D'ou vient? — Sous son portique il étale aux regards,
Dessus un char d'airain, Mars, le terrible Mars,
Guidant quatre coursiers altérés de carnage.
Sous le bronze, animé lui-même de courage,
Avocat à cheval et la lance à la main,
Il médite sans crainte un combat surhumain,
Pour cacher de son œil l'irréparable injure.
Grâce aux luxe, Pédon tombe en déconfiture;
Mathon doit dans deux jours déposer son bilan;
Tongillius encor, avant qu'il soit un an,
Sera, certe, obligé de faire même chose,
Lui qu'on voit se baigner dans l'essence de rose (9),
Et fuir nos bains publics qui sont en vérité
Bons tout au plus, dit-il, pour le peuple crotté;
Lui qui fait écarter la foule toute entière,
Par les gros Mésiens qui portent sa litière,
Quand il vient au forum acheter à grand prix
Les vases les plus beaux de vermeil et d'onix.
Tout s'adjuge à son nom, esclaves, métairies,
Et les vastes forêts, et les grasses prairies,
Sa toge, fin tissu de l'opulente Tyr,
Est le seul répondant qu'il ait pour acquérir:
De fait, à l'orateur la pourpre est nécessaire,
La pourpre fait sa vogue, et double son salaire,
Et pour les avocats c'est convenant d'ailleurs
De dévorer les biens qui ne sont point les leurs,
Puisque Rome prodigue au sein de l'indigence,
Se laisse fasciner d'une vaine apparence.

Sur le plus beau talent qui peut compter encor?
Oui, s'il n'étalait pas un brillant anneau d'or,

Oui, Cicéron lui-même aurait beaucoup de peine,
A gagner simplement trois écus par semaine.
Aujourd'hui le plaideur examine avant tout,
Si près de l'avocat dix scribes sont debout,
Si la molle litière aux huit porteurs d'usage,
N'attend pas en dehors le savant personnage.
Aussi, quand il plaidait, Paulus très-sagement,
Pour briller à son tour louait un diamant;
Grâce à cette manœuvre, on le croyait habile;
Il était mieux payé que Gallus et Basile.
L'éloquence en haillons rarement se fait voir,
Non, Basile jamais ne peut nous émouvoir,
Au spectacle touchant des larmes d'une mère,
Fût-il attendrissant, Basile ne peut plaire.
Si vous voulez le prix d'une éloquente voix,
Malheureux orateurs, allez chez les Gaulois,
Ou plutôt débarquez sur la plage africaine,
Des pauvres avocats nourrice plus humaine.

De l'art de déclamer tu donnes des leçons,
De fer, ô Vectius, il te faut des poumons,
Quand ta classe nombreuse et s'anime et s'excite,
A frapper un tyran de la mort qu'il mérite.
Ce que tu lis assis avec tant de dégoût,
Il te faut mot par mot le répéter debout,
Puis rechanter encor la même rapsodie;
De l'éternel refrain ton âme est affadie.
Cette grêle de riens sous ses coups ennuyeux (10),
Finit par assommer les maîtres malheureux.
— De riantes couleurs on veut orner son style,
On veut traiter sans peine un sujet difficile,
En connaître le genre et le but principal,
Pour repousser les traits dont menace un rival,

Et l'on refuse après le salaire du maître.
— Un salaire, dis-tu? que m'as-tu fait connaître
— Est-ce ma faute à moi, s'il ne tressaille rien
Dans le cœur tout gelé de cet Arcadien,
Qui six fois par semaine a rompu ma cervelle,
Avec son Annibal de mémoire cruelle,
Qu'il fait délibérer toujours au même point,
Si de Cannes à Rome il ne marchera point,
Ou s'il doit prudemment camper au voisinage
Ses soldats harassés et battus par l'orage?
Qu'on me fixe une somme, et je vais la compter,
Si son père à ce prix veut aussi l'écouter,
Autant de fois que moi sans nulle impatience.
Presque tous les rhéteurs font même doléance,
La plupart traite alors des procès effectifs,
Et laisse de côté les ravisseurs fictifs.
Du feu des noirs poisons la coupe reste vide:
L'épouse ne craint plus un ingrat, un perfide,
Et le mortier d'airain ne broye plus la mort
De l'aveugle vieillard qui sans crainte s'endort.
Oh! s'il veut s'en fier à mon expérience,
Il prendra le bâton, signe de vétérance,
Et ne descendra point à ce nouveau combat,
Celui qui sort des bancs pour se faire avocat.
S'il m'en croit, qu'il se fraye une nouvelle route,
Ou son modeste avoir se détruira sans doute.
Il y perdra de plus ses tessères de grain
Qui lui donnent de vivre un gage plus certain.

Pour instruire leurs fils dans l'art de Théodore (11),
De nos puissans seigneurs que reçoivent encore
Le fin Chrysogonus, l'érudit Pollion?
Pour construire des bains on dépense un million (12),

On dépense encor plus pour une colonnade,
Où l'on va quand il pleut faire sa promenade.
L'homme opulent doit-il attendre un ciel serein
Ou salir ses chevaux sur un fangeux terrain?
Or, sous ce long portique, et c'est chose importante,
La corne des mulets reste toujours luisante.
D'une salle à manger pour construire les murs,
Des Numides il prend les marbres les plus purs.
Le soleil entraîné de colonne en colonne
Sur leur poli glacé moins ardemment rayonne.
Il gorge d'autant d'or et l'artiste savant
Qui sait lui préparer un repas succulent,
Et cet être divin, dont le goût admirable
Sait servir à propos son élégante table;
Et parmi ces dépens si vains, si superflus,
Quintilien lui-même aura cinquante écus,
Car chez nos grands seigneurs, un fils pour l'ordinaire,
Est ce qui coûte moins à son illustre père.
— Quintilien pourtant jouit d'un vaste bien.
— Cet exemple inouï ne doit conclure rien;
Il prouve du destin la suprême puissance.
L'homme heureux dans son livre est beau, plein de vaillance,
L'homme heureux est un sage, il a mille vertus,
Il est noble à porter le croissant de Rémus;
L'homme heureux est encore un orateur unique,
Qui darde finement les traits de la logique,
Bien que sa voix grelotte, il est mélodieux.
Il importe beaucoup quel astre entrait aux cieux
Quand rouge encor du sang que répandit ta mère,
De tes cris enfantins tu frappas la lumière.
Tu seras, si ton sort est de bon ou mal heur,
Fait de rhéteur consul ou de consul rhéteur.
Bassus et Tullius font voir en évidence,

Des astres et du sort l'admirable influence.
Le sort fait triompher le captif...., à sa voix
L'esclave va s'asseoir sur le trône des rois.
Mais plus qu'un blanc corbeau cet homme heureux est rare.
Oh ! combien de rhéteurs durant ce siècle avare,
D'une chaire stérile ont dû se repentir !
Thrasimaque est réduit à se faire mourir :
Carinas exilé partout cherche un asile,
Athènes de refus l'accable.... ingrate ville !
Tu donnas seulement à ce vieillard sans pain,
De la froide ciguë un breuvage inhumain.

Ce n'était pas ainsi qu'agissaient nos ancêtres :
Comme d'autres parens ils vénéraient les maîtres ;
Faites, Dieux immortels, que la terre jamais
Ne tombe d'aucun poids sur leurs mânes en paix !
Qu'ils respirent l'odeur du safran, du narcisse,
Et qu'un printemps sans fin dans leurs urnes fleurisse !
Achille, des dieux même illustre rejeton,
Sur les monts paternels répétant sa leçon,
Respectait son vieux maître, et redoutait encore,
Bien qu'il fut déjà grand, la verge du centaure.
Quand Chiron recourbait sa queue à longs replis,
Quel enfant de nos jours eût modéré ses ris,
Puisque notre jeunesse, à grands coups de férules,
Maltraite vivement Rufus et ses émules ?
Et Rufus, on le sait, n'est point du tout un sot,
Il a traité souvent Cicéron d'Ostrogoth.

Célade et Palémon enseignent la grammaire ;
Leurs talens sont connus, ont-ils leur vrai salaire ?
Non sans doute : on leur donne encor moins qu'au rhéteur
Et du noble écolier l'avide gouverneur,
Rogne une forte part du prix de tant de zèle ;

L'acolyte à son tour y fait brèche nouvelle.
Supporte, ô Palémon! ce rabais odieux;
Car que dire? un savant n'est pas plus à leurs yeux
Qu'un rusé brocanteur de vieilles friperies,
Que l'on doit marchander, crainte de tromperies:
Trop heureux, si du moins tu ne perds pas le fruit
D'être levé toujours au milieu de la nuit,
Tandis que l'artisan reste tranquille encore,
Dans les bras du sommeil en attendant l'aurore;
Tandis qu'on n'entend pas retentir les marteaux,
Ni la laine rouler sur d'obliques fuseaux.
Trop heureux, si du moins quelqu'un te dédommage,
D'avaler tous les jours ce fétide nuage
Des lampes des enfans qui s'exhale avec bruit,
Et laisse sur Virgile un ténébreux enduit.
Quelque faible que soit néanmoins ton salaire,
L'obtenir sans procès n'est pas chose ordinaire.
Au maître imposez donc de rigoureuses lois;
Qu'il sache les auteurs sur le bout de ses doigts,
Que la source des mots abonde en sa mémoire,
Et qu'il connaisse à fond et la fable et l'histoire!
Courage, ingrats parens, exigez sans raison,
Qu'en vous accompagnant aux thermes d'Apollon,
Si vous l'interrogez, sans hésiter il dise
De quel nom s'appelait la nourrice d'Anchise (13),
Combien le vieux Aceste a vu naître de mois,
Combien d'outres de vin les Troyens autrefois
Reçurent en présent de ce roi débonnaire,
Le pays et le nom de cette belle-mère
Qu'Anchémole souilla d'une impudique ardeur.
Exigez que, semblable à l'habile sculpteur,
Il sache façonner comme une cire molle,
Les mœurs et les vertus de cet âge frivole;

Qu'il le surveille en père, et des jeux indécens
Déracine l'attrait dans le cœur des enfans.
Juste ciel! est-ce donc une tâche légère
D'observer tant de mains avides de mal faire,
Et tant d'yeux frémissans d'un retard de plaisir?
— C'est pourtant ton affaire, et je dois t'avertir
Qu'un père au bout d'un an donne, s'il est honnête (14),
Autant que Rome accorde au vainqueur d'une bête.

SATIRE VIII.

LES NOBLES.

Les titres, Ponticus, sont des chimères vaines.
Eh! qu'importe le sang qui coule dans les veines,
Ces portraits de famille étalés aux regards,
Les fiers Emiliens triomphant sur leurs chars,
Des braves Curius les débris pleins de gloire,
Et Corvinus sans nez, et Galba sans mâchoire?
Suffit-il de montrer par un vieux chartrier
Qu'on est de Corvinus légitime héritier,
Et que tous les rameaux de cette souche heureuse,
De héros ont produit une suite fameuse,
Et plus d'un dictateur et plus d'un général,
Devant les Lépidus si l'on se conduit mal?
De ces nombreux guerriers que font les effigies,
Si, consumant les nuits dans d'indignes orgies,
On se ruine au jeu devant le Numantin?
Si l'on va s'endormir au lever du matin,
Quand de ces nobles chefs l'ardeur accoutumée,
Déployant l'étendard faisait marcher l'armée?
Pourquoi ce Fabius, d'Hercule rejeton,
D'Allobroge prend-il le belliqueux surnom,
Et veut-il s'honorer des autels tutélaires,
Que Rome délivrée érigeait à ses pères,
Si la cupidité dégrade ses esprits,
S'il est moins courageux qu'une molle brebis,
Si son cœur est rongé d'une vaine avarice,
Si son corps encroûté de la fange du vice,
Traduit tous ses ayeux en infâmes gredins,

S'il a fait le trafic d'homicides venins?
Qu'on me brise au plutôt cette image funeste,
Qui de sa race, hélas! déshonore le reste!
Tu m'étales en vain dans tes riches palais
Un amas orgueilleux de sublimes portraits;
Je me ris à bon droit de cette sotte ivresse,
La vertu personnelle est la seule noblesse.

Sois donc un Paul-Emile, un Drusus, un Cossus;
Mais sois-le par tes mœurs et leurs rares vertus.
Préfère-les toujours aux tableaux de tes pères,
Et fais-les précéder tes faisceaux consulaires.
Me montres-tu d'abord la beauté d'un bon cœur?
As-tu pour la justice une inflexible ardeur?
Ta vie et tes discours nous donnent-ils l'exemple?
Je te reconnais noble. Alors, si bon te semble,
Descends de Silanus ou d'un plus rare sang,
Du grand Gétulicus prends le titre et le rang;
Gloire au bon citoyen! que la patrie entière,
D'un homme tel que toi se montre heureuse et fière,
Qu'à ton aspect chacun fasse éclater les cris
De l'habitant du Nil retrouvant Osiris.
Quoi! j'appellerais noble un rejeton indigne,
Qui n'a pour qualité, rien qu'un nom trop insigne;
Non, non, mille fois non. Eh! ne serait-ce pas
Faire d'un nègre un cygne, et d'un nain un Atlas,
D'une fille mal faite, à l'œil louche, au teint blême,
Un miracle d'amour, la belle Europe même?
Les chiens pelés, galeux, qui lèchent les lampions,
S'appellent léopards, ou tigres ou lions;
S'il est des animaux plus terribles encore,
De leurs noms rugissans partout on les décore.
Garde et crains à ton tour que, par un même abus,

On te donne le nom de grand Camérinus.

Pour qui sont ces avis? Plautus, c'est pour toi-même
Petit-fils des Drusus, dans ton orgueil extrême,
Tu vantes ta noblesse et ton illustre sang
Bien plus que si toi-même avais acquis ton rang.
Croirais-tu par hasard qu'il coûte plus de peine
De naître dans les flancs d'une dame troyenne,
Qui du sang d'Iulus a tiré son éclat,
Qu'aux flancs de l'ouvrière éprise d'un soldat,
Qui file près de lui sous la venteuse tente?
Vous autres, nous dis-tu, populace rampante,
Vous ne pouvez nommer la patrie et les lieux
Où vivaient autrefois vos ignorés ayeux.
Moi, je suis de Cécrops une branche divine.
Tant mieux!... porte-toi bien de ta grande origine.
Mais dans la populace on trouve toutefois
Ces hommes éloquens dont la puissante voix
Fait au jour du malheur accueillir la défense
Du noble qui croupit dans la crasse ignorance.
C'est de ce peuple abject que sortent tous les jours
Ceux qui savent des lois débrouiller les détours,
En démêler les nœuds, en propager les règles,
Qui fait trembler l'Euphrate et le Rhin sous nos aigles?
C'est la seule valeur du jeune plébéien.
Sans le nom de Cécrops, toi tu ne serais rien.
Sur les bustes d'Hermès voyons ton avantage.
En quoi différez-vous? Ton insolente image,
Vit machinalement et respire un peu d'air,
Et les bustes d'Hermès sont de marbre ou de fer.
Dis-moi, fils des Troyens, si la force et l'adresse
Parmi les animaux ne font pas la noblesse?
On estime un cheval agile, plein de cœur,

Facile à s'enflammer pour la palme d'honneur,
Qui tressaille et relève une superbe tête
Lorsque le cirque entier célèbre sa conquête.
N'importe quel gazon l'aura nourri d'abord,
Il est noble, celui qui, sans aucun effort,
Précédant ses rivaux d'une course légère,
Le premier sur l'arène élève la poussière.
Mais la postérité de Corythe et d'Hirpin,
Est vendue à vil prix sur le marché prochain,
Quand du timon du char s'éloigne la victoire.
Sans respect des ayeux ni de leurs vieille gloire,
Les lâches vont traîner de sales tombereaux,
Ou tourner pesamment les meules de Népos.
Si tu veux qu'on t'admire, et non ton héritage,
Donne-nous quelque chose à graver sur la page
Où sont éternisés les vertueux exploits
De ces divins mortels, Plautus, à qui tu dois
De briller parmi nous d'un éclat parasite.
C'est assez : en voilà bien plus que ne mérite
Ce jeune homme gonflé d'un sot orgueil, dit-on,
Quand il vient à parler de son cousin Néron.
Au reste, le bon sens n'est pas chose commune
Chez ces enfans gâtés de l'aveugle fortune.
Mais je ne voudrais pas, te voir, ô Ponticus,
De tes pères compter seulement les vertus,
Et n'entreprendre rien pour t'illustrer encore.
Du mérite d'autrui malheur à qui s'honore!
Si vous sapez la base on voit de haut-en-bas
L'édifice ébranlé crouler avec fracas.
Veuve du vieil ormeau la vigne traîne à terre.

Sois fidèle tuteur et brave militaire,
Sois juge incorruptible, et si l'on t'a cité

Pour témoigner d'un fait plein d'ambiguité,
Quand Phalaris lui-même, employant la torture,
Voudrait qu'un faux serment te souillât de parjure,
Dans son brûlant taureau dût-il plonger ton corps,
L'honneur à l'existence est préférable alors.
Qui conserve ses jours par cet horrible crime,
Perd de vivre aussitôt la raison légitime.
Le parjure au serment est mort, tout-à-fait mort (1);
Dans ses festins exquis dévorât-il d'abord
Du renommé Lucrin cent huîtres les plus fines,
Cosmus l'embaumât-il de ses odeurs divines.

Enfin d'une province on t'a fait gouverneur,
L'objet de tous tes vœux était ce rang d'honneur.
Commence par dompter ta bouillante colère,
De ta cupidité que la soif se modère;
Défends nos alliés : compatis à leurs maux.
La vie est courte, et même, en leurs pompeux tombeaux (2),
Les cadavres des rois, des vers sont la pâture,
Leurs ossemens rongés tombent en pourriture.
Obéis à la loi : respecte le sénat,
Conforme-toi toujours à son moindre mandat :
Songe aux honneurs qu'il rend aux chefs dignes d'estime,
Et comment il frappa d'un foudre légitime,
Tutor et Capiton, ce couple de pervers,
Dignes d'être patrons des écumeurs de mers;
Mais trop vain jugement, si Pansa plein d'audace
Ravit ce qu'épargna Natta non moins rapace.
Laisse à ce satellite enlever tes habits,
O Chérippe ! et tais-toi, Rome est sourde à vos cris.
Perds tout, et ne vas point, dans ton aveugle rage,
Perdre encore les frais d'un stérile voyage.
Nouvellement conquis, l'allié plus heureux

N'était point dévoré de ce chancre hideux,
Il ne gémissait pas sous tant de violence :
Alors chaque maison regorgeait d'abondance ;
Sans crainte on y laissait l'argent, l'or à monceaux,
Et les manteaux de Sparte, et la pourpre de Cos.
L'ivoire où Phidias incarna la sculpture,
D'Appelle et de Zeuxis la divine peinture,
Les bronzes de Myron, doux chefs-d'œuvre des arts,
Animés de la vie étonnaient les regards.
Les vases de Mentor brillaient sur chaque table.
Voilà ce qui rendit Dolabella coupable ;
Voilà ce qui d'Antoine a perverti le cœur,
Et d'un Verrès impie échauffa la fureur.
Leurs navires profonds récelant tous leurs crimes,
A Rome rapportaient des dépouilles opimes,
Et dans la pleine paix ces occultes héros
Jouissaient tous les jours de triomphes nouveaux.
Mais à nos alliés quoi ravir davantage?
Quelques couples de bœufs chassés du pâturage?
Une faible cavale et ses fils isolés,
Loin de leur père errant dans ces champs désolés?
Leurs pénates? peut-être un buste remarquable,
Ou dans un temple obscur l'image vénérable
D'un Dieu, dernier espoir de ces êtres souffrans?
Ce sont de faibles biens, mais pour eux qu'ils sont grands!
L'énervé Rodien n'inspire point de crainte,
Ni l'habitant musqué de la molle Corinthe;
Ils sont avec raison l'objet de tes mépris.
Que feraient en effet des jeunes gens appris
A testonner leur poil, à parfumer leur face?
Mais du fer Espagnol crains la superbe audace,
Crains du brave Gaulois le trait toujours certain,
Et la masse de fer du colossal Germain.

De grâce, épargne aussi le Mésaure tranquille,
Dont les constans travaux nourrissent notre ville,
De spectacle et de jeux qui s'occupent sans plus.
Rappelle-t'en d'ailleurs, le pillard Marius
Jusques à la ceinture a dépouillé l'Afrique.
Quel fruit produirait donc ta rigueur tyrannique?
Garde-toi d'outrager le brave au désespoir,
Tu ravirais en vain son or.... il ferait voir
Un fer prompt à venger son injure et ses larmes:
Le brave, même nu, trouve partout des armes.

Non, je ne donne point d'avis spéculatifs;
Humains qui m'écoutez, soyez tous attentifs!....
Des Sibylles pour vous j'ouvre le livre auguste.
Si toute ta maison par tes soins devient juste,
Si pour de blonds cheveux ou de plus doux attraits,
Jamais tu ne vendis de coupables arrêts,
Si tu n'es point souillé du crime d'adultère (3),
Si tu n'as point, harpie à la cruelle serre,
Couru de ville en ville, à l'indigent en pleurs
Ravir le faible prix de ses longues sueurs;
A dater de Picus compte alors ta noblesse;
Et si les noms altiers chatouillent ta faiblesse,
Pour ancêtres choisis ces Titans glorieux
Prêts d'arracher la foudre au souverain des cieux.
Puise un père à ton gré dans la fable ou l'histoire,
O vertueux mortel! nous devons tous te croire.
Mais si l'ambition, mais si la volupté,
Dans un cercle d'horreurs te tiennent arrêté,
Si du sang innocent tes faisceaux sont avides,
Si tu te plais à voir les haches homicides
S'émousser à servir tes bourreaux furieux,
A l'instant contre toi de tes dignes ayeux

La noblesse se lève, et vive de lumière,
Elle montre au grand jour ta turpitude entière.
Plus celui qui commet un crime a de grandeur,
Plns sa honte paraît dans toute sa laideur.
Non, ne me parle plus de titre héréditaire.
Quand devant la statue où triomphe ton père,
Dans le temple sacré par ton ayeul construit,
Des faux que tu forgeas tu réclames le fruit,
Ou quand pour assouvir une adultère flamme,
Tu te caches la nuit sous un camail infâme.

Sur la voie Appienne où dans de grands tombeaux,
Gisent de ses ayeux les cendres et les os,
L'épais Latéranus à la tête légère,
Guide un char, et lui-même en habit consulaire,
Lui-même hors d'haleine a graissé les essieux (4).
C'est la nuit : mais Phébé sur lui jette les yeux;
Les astres sont témoins de ce noble exercice;
Que de Latéranus le consulat finisse,
De nos vieux sénateurs sans encor se cacher,
En plein jour il prendra les rênes du cocher,
Et tous il l'entendront avouer sans scrupule
Qu'il est le premier homme à panser une mule,
A faire de l'eau blanche, à botteler du foin,
Et surtout à claquer un fouet qui sonne au loin.
En attendant, s'il faut offrir en sacrifice,
Ou la noire brebis ou la blanche génisse,
Debout devant l'autel du souverain des dieux,
Il jure par Epone, Epone a tous ses vœux,
Et l'image qu'on pend devant chaque écurie,
Pour cet autre Numa devient une Egérie.
Ce n'est pas tout : ami des plaisirs bestiaux (5)
Il va veiller les nuits dans les derniers tripots;

6.

Le beau Syrophénix à la face embaumée,
Syrophénix, l'orgueil de la porte Idumée,
Accourt à sa rencontre, et dans un tendre émoi,
Lui prodigue les noms de seigneur et de roi,
C'est Cyane à son tour, cette rare merveille,
Qui lui vend ses faveurs aux prix d'une bouteille.
Quelqu'un pour excuser ce penchant crapuleux,
Dira, dans la jeunesse avons-nous donc fait mieux?
Non : mais l'âge amortit cette indigne folie.
Ah! que l'erreur soit courte, et le vice s'oublie,
S'il tombe au premier poil qui descend du menton.
Aux jeunes gens donnez un généreux pardon,
Mais dans les cabarets, dans les bauges du vice,
Latéranus se veautre à cet âge propice
Où, mûri pour la gloire et bouillant de valeur,
Il devrait à Néron servir de défenseur,
Commander sur l'Ister ou dans la Germanie,
Et tenir en respect les peuples d'Arménie.
Nomme-le gouverneur de quelque littoral,
César, et vas chercher ton nouveau général;
Oui tu le trouveras à la grande taverne,
Avec des croque-morts, des suppôts de Laverne,
Au milieu des mouchards, des bandits, des escrocs,
Parmi des assassins, des valets de bourreaux,
Parmi le vil ramas des prêtres de Cybèle,
Qui près de leurs tambours sont couchés pêle-mêle,
Là, chacun d'eux jouit de même liberté,
Là, coupes, tables, lits sont de communauté.
Si le sort, Ponticus, jamais te rendait maître
D'un esclave aussi vil, aussi bas que cet être,
Dans tes cachots toscans tu l'enverrais aux fers.
A vous seuls indulgens, pourquoi, Troyens trop fiers,
Croire que les Brutus sont encore vénérables,

Où les derniers goujats deviennent méprisables ?

Eh ! bien vous les voyez, ces nobles et ces grands,
Que je vais accuser de faits plus dégradans.
Damasippe a mangé son antique héritage ;
Pour hurler dans le Spectre au théâtre il s'engage.
Sur la scène avant lui le royal Lentulus,
Rendait au naturel le vil Laureolus,
Et certe, il méritait, par sa bassesse d'âme,
D'être vraiment cloué sur cette croix infâme.
Et le peuple ? ah ! peut-on lui pardonner ici ?
Armé d'un front d'airain, le peuple abâtardi,
De ses patriciens applaudit les grimaces,
Il rit des Fabius transformés en paillasses,
Et ne peut contenir sa bruyante gaîté,
De voir un Mamercus largement souffleté.
— Mais pourquoi vendent-ils ce talent d'importance (6),
Ce produit spontané de leur haute naissance ?
Néron les contraint-il par un ordre inhumain ?
Non, non, c'est seulement ignoble amour du gain.
Aux rôles les plus bas, habiles à descendre,
Pour les jeux d'un Celsus il vont même se vendre.
Il vous faut faire un choix, telle est la loi du sort ;
Montez sur les tréteaux, ou subissez la mort.
Qui, si d'un grain d'honneur son âme était trempée,
N'affronterait plutôt la menaçante épée,
Que d'aller, de Thymèle envieux sans raison,
Du sot Corinthius devenir compagnon.
Quand le prince au surplus est joueur de cithare,
Voir un noble histrion ne doit pas être rare.
De l'avilissement c'est le degré dernier,
Ou de gladiateur ils feront le métier.
— Ah ! nous avons subi cette honte nouvelle,

Un Gracchus dans l'arène à signalé son zèle ;
Rival du Mirmillon, Rome a vu ce héros,
Sans l'épais bouclier, sans la tranchante faux,
Sans le casque à long bord pour cacher son visage.
(Des armes un Gracchus dédaigne l'avantage.)
Le voici qui balance un rapide trident,
Et le large épervier sur son bras droit flottant,
Il le lance : trompé dans sa féroce attente,
Vers le public il lève une tête imposante,
Et le lâche s'enfuit, fier d'être reconnu.
C'est lui, n'en doutons pas, c'est lui : nous avons vu
Sa tunique de pourpre, et la tresse dorée,
Voltigeant à l'entour de sa mitre sacrée.
Le Mirmillon sensible à cet affront cruel,
Voudrait avoir déjà reçu le coup mortel.

Du choix de son destin si le peuple était maître,
Qui serait si pervers de n'aimer pas mieux être,
Un Sénèque plutôt que ce noble Néron,
Qu'on aurait dû vingt fois, sans respect pour son nom,
Coudre vif dans le sac du monstre parricide,
Près d'un singe difforme et d'un hydre homicide.
Le fils d'Agamennon dans le sein maternel,
Comme Néron, plongea le poignard criminel ;
Mais de ce grand forfait que la cause diffère !...
Oreste n'agissait que pour venger son père
Dans un joyeux festin lâchement égorgé,
Et par les Dieux son crime était même exigé.
Mais il n'assassina, dans sa fureur jalouse,
Ni son aimable sœur, ni sa fidèle épouse ;
Il ne prépara point pour ses plus chers parens,
Du mortel aconit les poisons dévorans ;
Jamais en histrion sur les tréteaux comiques,

Il ne fit éclater ses talens harmoniques,
Ni sur son beau pays répandre le brandon,
Pour peindre au naturel les flammes d'Ilion.
Ah ! Vindex et Galba, révoltés légitimes,
N'ont point de ce despote assez puni les crimes.
Qu'a-t-il fait, ce Néron, dans son règne odieux?
Voici l'œuvre d'un prince issu de tant d'ayeux :
Il a chanté, dansé sur la scène étrangère,
Et, disputant aux Grecs une gloire éphémère.
Il s'est fait couronner d'apium couleur d'or.
Magnanime Néron, qu'attends-tu donc encor?
De tes pères fameux que chaque illustre image,
Du succès de ta voix porte le témoignage :
Offre à Domitius le tragique bandeau,
Et la robe traînante, et le masque nouveau,
Sous lesquels tu savais, par un sublime geste,
Rappeler Mélanippe, Antigone et Tyeste.
Au colosse, d'Auguste orgueilleux monument,
Pends le luth, de ta gloire admirable instrument.

En titres surannés, en noblesse de race,
De s'égaler à vous qui concevra l'audace,
Royal Catilina, superbe Cethegus ?
Vous avez toutefois, plus cruels que Brennus,
Aiguisé dans la nuit la hache sanguinaire ;
Vous avez allumé la torche incendiaire,
Pour saper, consumer Rome entière et ses dieux.
Oui vous avez osé ce forfait odieux,
Digne d'être puni de la robe soufrée.
Mais le consul veillait, et sa voix adorée,
Dans l'ombre fit rentrer votre insolent drapeau.
L'orateur d'Arpinum, cet homme tout nouveau,
Que le peuple romain fit chevalier naguère,

Place en nos murs surpris une garde sévère,
Et son activité passe dans tous les cœurs.
Rome aussi le combla de titres et d'honneurs :
Sa gloire acquise en paix est plus douce et plus juste
Que celle qu'arracha le sanguinaire Auguste,
Aux rives d'Actium, aux champs Thessaliens,
Sur les corps égorgés de ses concitoyens.
Libre par Cicéron, Rome entière le nomme
Père de la patrie, et dieu sauveur de Rome.

De ce même Arpinum misérable orphelin,
Un autre fut forcé pour manger du gros pain,
D'aiguillonner les bœufs d'un Volsque mercenaire.
Puis dans nos légions un chef dur et sévère
Sur sa tête brisait le sarment plein de nœuds,
Quand à munir le camp il était paresseux.
Eh bien! ce prolétaire a sauvé la patrie.
Des Cimbres arrêtant le torrent en furie,
Marius conserva seul, par sa fermeté,
Rome tremblant d'effroi, Rome à l'extrémité.
Son collègue illustré par sa haute noblesse,
Eut la dernière palme en ce jour d'allégresse,
Où les Cimbres défaits laissaient de toutes parts,
Dans nos champs délivrés leurs cadavres épars
Aux corbeaux accourus, poussant des cris de joie,
Eux-mêmes étonnés de leur immense proie.

Leurs noms sont plébéiens; et du peuple ignoré,
Sortent les Décius, ce couple vénéré,
Seul digne d'apaiser notre commune mère,
Et les dieux infernaux, vomissant leur colère
Contre nos légions, nos soldats étrangers,
Et tous nos alliés égaux en ces dangers.

C'est que les Décius valaient seuls davantage,
Que tous ceux que sauva leur vertueux courage.

Dans les flancs d'un esclave il a reçu le jour,
Le dernier des bons rois digne de notre amour.
Modèle des vertus, non jamais, non, personne
N'avait mieux mérité de porter la couronne.
Les fils du consul même à nos tyrans bannis,
Livraient en trahison nos remparts dégarnis,
Quand pour la liberté faible encor et douteuse,
Ils devaient entreprendre une action fameuse,
Capable d'étonner Coclès et Mutius,
Et la vierge aux yeux bleus, aux viriles vertus,
Qui se jeta, pour fuir le pouvoir despotique,
Dans le Tibre bornant alors la république.
Un esclave au sénat produisit leurs forfaits;
O femmes! donnez-lui des larmes à jamais!
Pour les fils de Brutus, par ordre de leur père,
Ils furent déchirés sous la verge sévère,
Et contre les complots la première des lois,
La hache enfin sur eux tomba de tout son poids.

Oui, j'aimerais mieux voir pour ton père un Thersite,
Si d'Achille tu fais éclater le mérite,
Et portes comme lui les armes de Vulcain,
Que si de ce héros fils inutile et vain,
Tu montres de Thersite un image accomplie.
Qui que tu sois pourtant, noble, jamais n'oublie
Qu en remontant ton nom à son vrai fondement,
Ta famille sortit d'un asile infamant,
De tes nobles auteurs n'importe qui fut père,
Certe, c'était un pâtre, ou...... je veux bien me taire.

SATIRE XI.

LE LUXE DE LA TABLE.

S'il fait de grands dîners, Atticus est louable,
Et Rutile à son tour est un fou véritable.
De qui peut-on vraiment rire et se moquer plus,
Que du pauvre singeant le riche Apicius.
Les restaurans, les bains, les places de la ville,
Le théâtre et les jeux, tout parle de Rutile.
On dit que, jeune encore, ardent et vigoureux,
De l'âge à supporter le casque belliqueux,
Malgré le noble rang qu'il tient de sa naissance,
Sans ordre du tribun, mais hélas! sans défense,
Il vient de s'engager sous-aide cuisinier (1),
Pour méditer les lois de ce royal métier.
Les huissiers éludés par plus d'un stratagême,
Viennent souvent saisir devant le marché même,
Ces prodigues nombreux, voraces de jouir,
A vivre pour manger bornant le seul plaisir.
Aux pressans créanciers que l'un d'eux soit en butte,
S'il doit tomber bientôt d'une éclatante chute,
C'est celui justement qu'on voit pour ses festins,
Acheter à grands frais les morceaux les plus fins.
A leurs goûts dévorans il faut que tout réponde,
Tout doit contribuer : les cieux, la terre et l'onde.
Le prix ne leur fait rien, remarquez-le d'ailleurs,
Les mets les plus coûteux leur semblent les meilleurs.
S'agit-il de trouver une somme nouvelle :
Rien de plus simple : en gage ils mettent leur vaisselle

Ils brisent de leur mère une statue en or,
Et par ce beau secret la plupart sait encor
Manger vingt mille écus sur l'argile commode,
Que les gourmands du jour ont remise à la mode.
Mais qu'ils seront heureux s'ils peuvent à la fin,
De nos gladiateurs partager le gros pain!
Tel est le résultat d'une grande dépense,
C'est vice dans Rutile, et ce n'est que décence
Dans un Ventidius ou dans un Vejenton,
Qui par leur grande table ont illustré leur nom.
Honte, honte à celui dont l'œil prompt apprécie
Combien sur tous les monts de l'antique Lybie
L'Atlas lève sont front hérissé de forêts,
Et qui d'un coffre-fort doublé de fer épais
Ne sait pas distinguer une bourse légère.
Le *connais-toi* du ciel est descendu sur terre;
Ne l'oubliez jamais, gravez-le dans vos cœurs,
Soit que du chaste hymen vous aimiez les douceurs,
Soit que dans le sénat vous briguiez une place,
(Le Thersite au cœur mol ne conçut pas l'audace,
De demander pour lui les armes du héros,
Ulysse même, Ulysse, avec tous ses grands mots,
Devait être douteux d'obtenir l'avantage.)
Soit que couvrant quelqu'un de votre patronnage,
Vous vouliez assurer un procès incertain,
Consultez-vous d'abord, demandez-vous enfin
Si vous êtes doué d'une vive éloquence,
Ou si vous n'avez rien qu'une froide jactance,
Ainsi que Curtius et le fade Mathon,
Dont la bouche jamais n'a produit que du son,
Il faut dans une grande et petite posture,
Prendre précisément sa taille et sa mesure.
Allez-vous acheter du poisson au marché,

Pourquoi désirez-vous ce turbot recherché,
Si d'un simple goujon vous pouvez faire emplette?
Qu'arrive-t-il alors? la bourse vide et nette,
Et la gueule croissant en sensualité,
Votre ventre engloutit, dans sa voracité,
Argent, fermes, troupeaux, et bois de vos ancêtres,
Et votre anneau d'honneur, avalé par ces maîtres;
En Pollion, chassé du rang de chevalier,
Triste, sec et doigts nus, vous allez mendier.

Mourir avant le temps, dans la fleur de la vie,
N'est point à redouter par la gloutonnerie:
La vieillesse aux ventrus est pire que la mort.
Examinons leur marche: ils empruntent d'abord,
Et dépensent l'argent à la barbe du maître;
Puis quand il reste encor quelque chose peut-être,
Quand l'avide usurier commence de pâlir,
Vers Bayes on les voit empressés de s'enfuir,
Pour consoler leur ventre en mangeant l'huître blanche.
Des listes du forum si leur nom se retranche,
C'est comme s'ils quittaient pour un quartier meilleur,
Suburre où le soleil a parfois trop d'ardeur.
Oui, de fuir la patrie, aux nobles cœurs si chère,
Ils ont un seul regret, c'est qu'une année entière
Ils se verront sevrés du cirque et de ses jeux.
Leur front ne rougit plus, au reste; et pas un d'eux,
S'il la voyait sortir avec lui de la ville,
N'y voudrait ramener la pudeur imbécile.

Sur la frugalité voilà de beaux discours,
Mais tu vas éprouver, Persicus, si toujours
Sur eux je conformai ma vie et ma conduite;
Si, prôneur de légume et gourmand hypocrite,

Fais-moi du gruau, dis-je à mon valet tout haut,
Et tout bas à l'oreille, apprête un pâté chaud.
Puisque tu veux bien être aujourd'hui mon convive,
Je deviens un Evandre, à mon repas arrive,
Comme Hercule ou le fils moins fameux de Vénus,
Tous les deux dans le ciel néanmoins parvenus,
Le premier rendu pur par la flamme légère,
L'autre par le Numice à l'onde vive et claire.

Je ne t'offrirai point de ces mets somptueux,
Dont s'ornent maintenant nos marchés fastueux.
De mon champ de Tibur pour toi j'ai fait descendre
Un chevreau du bercail le plus gras, le plus tendre.
De l'herbe son palais ignore la saveur,
Il n'a pas même osé brouter le saule en fleur.
Plus de lait que de sang dans ses veines se brouille.
Ma fermière, quittant sa constante quenouille,
De l'asperge des monts pour nous choisit un plat;
Abondamment j'aurai l'œuf frais et délicat,
Conservé dans le foin encor chaud de sa mère;
La poule la plus grasse augmentera la chère.
J'ai, malgré la saison, des raisins aussi beaux
Que s'ils étaient pendans aux treilles des côteaux;
Tu prendras à ton gré dans la même corbeille
La poire de Signie, ou la pomme vermeille,
Qui par son goût exquis et sa suave odeur,
De celles de Picène égale la douceur.
Ne crains point d'en manger, par son froid salutaire,
L'hiver en corrigea le suc aux nerfs contraire.
Tels furent les festins de l'antique sénat,
Qui d'un luxe imposteur aimait déjà l'éclat.
Dans son petit jardin, mais le sauveur de Rome,
Curius recueillait ses choux, et le grand homme

Lui-même les cuisait dans son étroit foyer.
Un forçat ferait fi de ce repas grossier,
Se souvenant d'avoir dans la chaude gargote,
Savouré de la truie une fine culotte.
Un usage sacré parmi nos bons ayeux,
Voulait qu'on réservât pour la fête des dieux,
Les jambons suspendus sur une claire voie.
A leur nativité, jour de nouvelle joie,
Les parens conviés se régalaient de lard,
Qu'un reste de victime augmentait par hasard.
Chacun, eût-il été trois fois consul, et même
Commandant général ou dictateur suprême,
Avant l'heure quittant le travail du coteau,
Venait à ce festin chargé de son hoyau.

Tant que Rome trembla sous l'austère police
Du sévère Caton, des Scaurus, des Fabrice,
Du temps des Fabius, alors que le censeur,
D'un collègue pour lui redoutait la rigueur,
De soins nul citoyen n'avait l'âme tendue,
Pour savoir dans quels flots se baignait la tortue,
Dont la superbe écaille, ouvragée à grand prix,
Des descendans de Tros orne aujourd'hui les lits.
La couche sans dossier et simple en sa structure,
Avait á son chevet la grotesque figure
D'un âne couronné de pampres verdoyans,
Autour duquel jouaient les rustiques enfans.
Dans toutes les maisons les meubles et la vie
Offraient heureusement la même modestie.
Lors le soldat vainqueur d'opulentes cités,
Dédaignant des arts grecs admirer les beautés,
Si des vases pompeux tombaient en son partage,
Des grands maîtres brisait le merveilleux ouvrage,

Pour parer son cheval, sensible au seul éclat,
Ou pour lui-même avoir dans le premier combat,
Devant un ennemi prêt à mordre l'arène,
Un casque où figuraient cete louve inhumaine
Que le sort des Romains de pitié sut toucher,
Et les gémeaux de Mars jouant sous un rocher,
Et ce dieu sur la crête inspirant l'épouvante,
Avec son bouclier et sa pique sanglante.
Tout l'argent éclatait sur des armes d'honneur,
Et ces hommes vaillans, dont le rare bonheur
Est sans doute envié, pour peu qu'on ait d'envie,
Sur l'argile mangeaient la farine bouillie.

De nos temples alors la simple majesté
Sur Rome attirait mieux la divine bonté.
Alors au sein des nuits, au milieu de la rue,
Une céleste voix annonça la venue
Des Gaulois contre nous par l'Océan vomis;
Comme augures, les Dieux nous donnaient des avis.
Tant qu'il ne fut point d'or, mais d'innocente argile,
Jupiter aux Latins se montra plus facile.
Les tables à manger se fabriquaient alors
De l'arbre paternel élevé sur nos bords;
On choisissait surtout le noyer séculaire
Que l'Eurus arrachait dans sa longue colère.
Mais le riche aujourd'hui mange sans volupté;
Le turbot et le daim n'ont plus de tendreté,
Des roses, des parfums son odorat se blesse,
Si sa table arrondie avec délicatesse,
Par l'ivoire ne charme un avide regard,
Et ne se soutient point sur un grand léopard
Fait des plus belles dents que fournissent Syène,
Et le Maure rapide au visage d'ébène,

Et l'Indien plus noir que le Maure crépu,
Et les vastes forêts du Nabathe inconnu,
Où s'en débarassa la gigantesque bête,
Qui sentait sous leur poids courber sa large tête.
Voilà ce qui donnant un appétit plus fort,
D'un estomac usé remonte le ressort;
Car sur ses pieds d'argent une table arrangée,
Est une bague en fer et de rouille rongée.
Loin donc, ah! loin de moi ce convive insolent,
Qui comparant ma vie à son luxe impudent,
Sur la frugalité jette le ridicule!
D'ivoire à la maison je n'ai pas un scrupule,
Mes jetons et mes dés sont faits bonnement d'os,
Et même l'os commun emmanche mes couteaux.
Aucun d'eux toutefois n'aigrit les mets qu'il touche,
Et la poule n'a pas moins bon goût à la bouche.
Tu ne me verras point pour écuyer tranchant,
Un artiste honoré dans le monde mangeant,
Un savant écolier de ce docte Tryphère,
Dont la classe s'emplit des tributs de la terre,
Du lièvre, du chevreuil, du cerf, du sanglier,
Du canard, du faisan, du perdreau, du pluvier,
Des poissons de l'Afrique et de la Germanie,
De ce Tryphère enfin dont l'immortel génie
Sait procurer aux chairs un plus suave goût,
En les saignant d'un fer émoussé par un bout,
Et dont le nom fameux dans Suburre résonne,
Quand un banquet public sous les ormeaux se donne.
Instruit à découper quelques tranches de lard,
Mon novice écuyer ne peut d'un chevrillard
Enlever le filet avec délicatesse,
Ni d'un coq vierge ôter le blanc couvert de graisse.
Mon échanson vêtu sans aucun ornement,

Mais à couvert du froid sous son gros vêtement,
Saura nous présenter la coupe plébéienne,
Que pour un ou deux sous on remplace sans peine.
Nul d'eux n'est Phrygien ni d'un plus mol canton;
Aucun d'eux n'enrichit l'avide maquignon.
Parle donc en latin, si tu veux leur service,
Ils sont vêtus pareil, et leur front se hérisse,
Quoique nouveau tondu, d'épais et courts cheveux
Qu'aujourd'hui pour mon hôte ils peigneront tous deux.
L'un est fils d'un berger : de l'autre un pâtre est père;
Il soupire, il gémit de ne plus voir sa mère,
Sa mère, objet constant des regrets du bon fils,
Et sa hutte, et son chien, et ses chevreaux amis.
Sur son front ingénu repose l'innocence,
Qu'il faudrait aux enfans nobles par leur naissance;
Il ne va pas aux bains, chargé d'un sot désir,
Laver les saletés d'un infâme plaisir :
De se faire épiler il ignore l'usage,
Et d'un mal mérité redoutant le ravage,
Il ne se frotte point de l'huile de senteur.
Voilà le jeune enfant aimable en sa candeur,
Qui versera pour nous le vin de la montagne
Témoin de sa naissance et de ses jeux compagne,
Car l'esclave et le vin sont du même canton.

Non, ne t'attends jamais à voir dans ma maison (2),
La matrone espagnole en posture lubrique,
A la joute animer par sa molle musique,
Un essaim de beautés, folles de leurs succès,
En cadence étalant de commodes attraits.
La plus froide Vénus s'échauffe en ces orgies,
Et pour le riche usé ce sont d'âcres orties (3).
Pourtant, quand l'autre sexe imite un tel combat,

Avec plus de plaisir un cœur corrompu bat,
L'autre sexe plus loin étend son avantage;
Et l'oreille et les yeux charmés de cette image,
Font couler dans les sens la flamme du désir;
Le plus énervé même a peine à se tenir.
L'humble toit n'admet pas cet infâme artifice.
Qu'il écoute les chants des apôtres du vice (4),
Qu'une prostituée en son obscur grenier,
Rougirait d'écouter d'un souteneur grossier,
De ces obscènes voix qu'il ait la jouissance,
Et de la volupté raffine la science,
Ce riche assez osé pour souiller dans ses jeux (5),
Du plus grand des mortels le bouclier fameux.
Toujours à la fortune on pardonne le crime,
L'adultère, le rapt, l'amour illégitime,
Et les jeux de hasard, honte de l'indigent,
Font d'un nouvel éclat briller l'homme opulent.
Je veux te procurer une plus chaste joie,
Du cygne de Mantoue et de l'aigle de Troye
On nous récitera les sublimes concerts;
N'importe donc la voix qui chantera les vers
De ces nobles rivaux, maîtres de l'harmonie,
Qui se sont partagé la palme du génie.

Puisqu'il nous est permis de chômer tout ce jour,
Il faut que le plaisir t'accompagne à ton tour:
Prends du repos: bannis le souci des affaires,
Plus de ressouvenir des emprunts usuraires.
Si sortant tous les jours dès que l'aurore luit,
Ta femme ne revient qu'à la naissante nuit,
Et montre dans les plis de sa robe légère,
Les vestiges suspects d'une chute adultère,

Si tu vois son visage et son oreille en feu,
Ne vas point t'irriter la bile pour si peu ;
Avant de dépasser le seuil de ma retraite,
Arrache de ton cœur tout ce qui l'inquiète,
Oublie et ta maison, et tes gens paresseux,
Et tout ce qui se brise et se détruit par eux ;
Mais surtout de ton cœur efface avec courage,
De tant d'amis ingrats la révoltante image.

Le signal est donné : l'on commence déjà,
La fête de Cybèle et les jeux de l'Ida ;
Assis comme en triomphe et jouet des cabales,
Le préteur va juger les factions rivales.
Mais si j'ose le dire, ô peuple curieux !
Qu'une trop longue paix a rendu trop nombreux,
Rome entière aujourd'hui dans le cirque s'entasse,
Un éclatant fracas soudain se lève en masse,
Et je suis convaincu du triomphe des vers,
Autrement tu verrais sensible à leur revers,
Toute la ville en deuil, éperdue, alarmée,
Comme si les consuls, les aigles et l'armée,
A Cannes dans la poudre étaient encor traînés.
Que la jeunesse assiste à ces jeux forcenés :
Tout lui plaît ; le tumulte et les molles caresses,
Que vendent de Mithra les lascives prêtresses ;
Que l'épouse nouvelle auprès de son époux
Contemple avec transport ces amusemens fous,
Qu'on rougirait ailleurs de dire en sa présence,
Nous autres évitons la publique indécence.
De ce fécond printemps que le soleil nouveau,
Par son feu créateur ravive notre peau.
De ton front aujourd'hui bannissant tout nuage,

Tu peux aller aux bains une heure avant l'usage ;
Pendant cinq jours entiers songe qu'on ne peut pas,
Sans de mortels dégoûts faire de longs repas,
Le plaisir, dieu léger, rarement s'abandonne,
Aux fades courtisans qui suivent sa personne.

NOTES.

SATIRE Ire.

(1) Quand Crispin, de Canope, esclave le plus vil,
. . . .
Rejette sur son dos la très-sainte chasuble,
. . . .
Lève le soleil d'or de sa sueur infect, etc.

Juvénal donne le meilleur commentaire des trois vers énigmatiques du texte (Sat. iv, v. 31); il nomme Crispin Prince des Chevaliers, c'est-à-dire Préteur et Grand-pontife (Sat. x, v. 36 et suiv.): il le promène sur un char de triomphe, couvert de la tunique ou de la chasuble de Jupiter, le front orné d'une couronne ou d'une tiare si grande qu'une plus grosse tête que celle de Crispin aurait peine à la supporter, bien qu'un valet public la soutienne, etc.; *tyria lacerna*, est, selon moi, la même chose que *tunica Jovis*; *pondera majoris gemmæ*, la même chose que *tantus orbis magnæ coronæ*. A l'égard d'*aurum æstivum*, l'or de l'été, je l'explique par soleil d'or (emblême de la divinité de Jupiter), qu'on exposait à l'adoration des fidèles pendant tout l'été, après l'avoir promené dans toutes les rues les 13 et 19 juin de chaque année. (Voy. le calendrier de Georges Fabricius. Antiquit. Lib.) Ce soleil rentrait dans sa niche aux fêtes de septembre.

Plusieurs auteurs chrétiens pensent que la procession de la Fête-Dieu n'est qu'un réchauffé de la procession de la fête Jupiter: « Les centuriateurs de Magdebourg la » traitent (la procession de la Fête-Dieu) d'horrible idolo» manie, et Chemnice, de nouveauté et d'idolâtrie. Rivet » dit qu'on y renouvelle ce qui se pratiquait chez les payens » en l'honneur de Cérès, d'Isis, de Diane et du feu de » Perse, et Hospinien (*de origine fest. Christ.*,) confirme » ce sentiment par le témoignage des auteurs profanes.» (Thiers, *Traité des Superstitions.*)

Or, si, comme ce n'est que trop vrai, le luxe de soleils d'or, d'ostensoires en diamans, de tiares, de mitres, de chasubles, etc., est pris aux idolâtres; si ce luxe est contraire à l'humilité de la religion chrétienne, j'ai droit de rendre cet attirail à ses anciens possesseurs: Rendez à César ce qui est à César, et à Dieu ce qui est à Dieu, dit notre divin maître.

(2) .... La Concorde entonnant d'heureux cris,
Dans le nid conjugal quand rentrent les maris.

« La concorde, dont les voûtes retentissent des cris de » joie de la cigogne quand elle salue son nid au retour du » printemps. » (*Traduction de* M. Dusaulx.)

La traduction du texte mot à mot est cependant assez claire; il n'y a que *salutato* d'ambigu. *Salutare*, dira si l'on veut, saluer, faire la révérence, tirer le pied, ôter son chapeau, etc.; mais il signifiera plus souvent, si l'on y regarde, sauver, conserver, aussi je traduis: « La concorde qui pétille de joie quand le nid est sauvé. » Ici, le nid est pris pour l'association conjugale, et nous autres, gens du peuple, nous nous servons encore de ces termes en parlant de mariés: *C'est une belle paire, c'est un beau nid, ils ont une nitée d'enfans.*

Enfin j'ai lu dans un auteur antérieur à Juvénal, que la concorde domestique n'avait pas de voûtes; elle était adorée dans une toute petite chapelle où je ne crois pas que la cigogne au long bec entrait au retour du printems ; voici le passage dont je m'appuie :

De sacello Deœ viri placœ.

Quoties inter virum et uxorem aliquid jurgii intercesserat, in sacellum deœ viriplacœ, quod est in palatio, veniebant : et ibi invicem locuti, quœ voluerant, contentione animorum deposita, concordes revertebantur, etc.

(Valer Max. Lib. II, cap. I.)

SATIRE II.

(1)........................ Le bédeau Péribase.

J'ai traduit ainsi parce que *Peribonius* ou *Peribomius* vient de περιβώμιος, *qui est circa aram.*

Un prélat, précepteur d'un roi de France, ne s'est pas fait scrupule d'employer dans la traduction de Plutarque, les noms des officiers de l'église, et les ornemens matériels du culte. Personne que je sache ne l'en a blâmé. Serait-on plus injuste envers moi, chétif traducteur, qui ne connais pas d'autres termes pour faire comprendre mon auteur ?

(2) Ainsi ces baptisés aux lueurs des bougies,
Ont établi leur culte et leurs sales orgies,
Friands du sperme pur qui leur sert à pétrir
Le pain mystérieux empêchant de mourir.

Je suis convaincu que Juvénal, dans toute cette tirade, a eu en vue les chrétiens, non pas les véritables qu'il ne connaissait pas, puisque rien n'était plus pur, plus innocent, plus charitable que les disciples du Seigneur ; mais ces êtres monstrueux, *moitié renards, moitié loups*, qui se plient à tout joug civil ou religieux pour mieux dominer sur le faible. Voici mes raisons que je crois les meilleures du monde :

Le texte de Juvénal a été falsifié dans les deux vers que j'ai paraphrasés en quatre. Sur les trente-six manuscrits antiques que M. Achaintre a compulsés, il a lu toujours ou *cocyton*, ou *cocciton*, ou *cochiton*, et il nous a prévenus que c'étaient les éditeurs modernes qui de leur grâce avaient substitué *Cotytto*. Mais Cotytto est une déesse native de la Thrace, et l'épithète de Cécropienne lui convient tout autant que l'épithète de Turque conviendrait à sainte Geneviève de Paris.

Ces deux vers restant ainsi dans les brouillards des conjectures, je me suis imaginé, après y avoir regardé *à grand renfort de besicles*, qu'on devait lire le dernier vers.

Cercopiam soliti baptæ lazare Cochyton (*) pouvant se traduire mot à mot :

« Les baptisés habitués à faire bombance du jus des » organes de la génération. »

Le vers de Juvénal comme je le rétablis, sera, j'en conviens, du grec estropié ; mais beaucoup de prédicans annonçaient alors le baptême en patois grec comme nous en avons la preuve par les livres qui nous restent de l'époque, et le satirique contrefait leur barbare langage.

Saint Augustin (Lib. de Hæres, 26, 27 et 46) parle de ces baptisés qui pétrissaient le pain eucharistique avec de la semence humaine, et qui tiraient à coups d'épingles, du corps d'un enfant d'un an, le sang nécessaire à leurs communions. Il appelle ces baptisés catharistes et cataphrygiens (Thiers); ce dernier nom est remarquable, puisque Juvénal les désigne sous le même nom en s'écriant :

Que tardent-ils, au gré du vieux rit phrygien,
De se trancher la chair qui ne veut créer rien ?

(*) *Cercopia* dérive de κερκος, *membrum virile*; *cochyton*, de χοχος, *humor abunde fluens*, et *lazare*, de λαζω, *nimiū pabuli ubertate lascivio*.

SATIRE III.

(1) Ton peuple, Romulus, est rustique et grossier,
De s'honorer encor du belliqueux collier,
Et de se décorer des prix de la victoire.

M. Achaintre a remarqué que tous nos manuscrits avaient *Rechedipna*, mot inconnu, dit-il, et que j'ai dérivé de Ρηγος *pannus tinctus*, ruban de couleur, et de Δειξις, *ostensio*, montre.

Je déclare que je n'entends pas un mot aux cinq vers suivans; aussi les ai-je délayés dans une paraphrase insipide de onze vers, faute que je m'empresserais de faire disparaître, si l'on me demandait une réimpression de ma traduction, ce dont je doute, et ce qui m'engage à ne point pâlir sur ce maudit passage. Comme toutefois mon but en livrant ma traduction à la publicité a été d'être utile à quelque nouvel interprète, je crois qu'en suivant la traduction de M. Dusaulx, il ferait bien de dire que la canaille grecque dont s'agit, vient se poster sur le mont Viminal, pour être le fœtus des grandes maisons, et nos maîtres futurs; il rendrait mieux le vers

Viscera magnarum domuum dominique futuri.

(2) Celui qui revola sous la voûte d'azur,
Etait bien né natif d'Athènes.......

Suétone veut nous faire croire que ce fait est arrivé dans le ballet de Pasiphaé; l'Icare, dit-il, tomba dès son premier effort auprès de Néron, et le couvrit de sang. (Chap. XII, Vie de Néron.) Voilà comme dès l'origine on a cherché à détruire les miracles, car je n'en doute pas, Juvénal parle ici de Simon le magicien, né natif d'Athènes. (Voyez l'histoire sacrée de saint Sulpice-Sévère, livre 2.)

Illustris adversus Simonen, Petri ac Pauli congressio fuit. Qui cum magicis artibus, ut se deum probaret, duobus sufflatus dæmoniis evolasset, orationibus apostolorum fugatis dæmonibus, delapsus in terram, populo inspectante, disruptus est.

(3) Codrus trouvait relâche à son chagrin poignant,
Sur un petit grabat plus court qu'un lit de camp.

« Codrus avait un grabat plus court que sa petite épouse. »
(M. Dusaulx.)

Je conjecture que Juvénal avait mis dans son vers, *specula*, guérite, lit de camp, dont on aura fait *procula*; et voici comment : les syllabes *pro* et *spe* s'écrivaient pour ménager le temps, par un signe à-peu-près ressemblant, et les copistes auront confondu l'un pour l'autre.

(4) .... Ces belles mosaïques
Qui décoraient jadis les seuls temples des dieux.

En place de *phæcasianorum*, je lis *ac asaratorum*, génitif pluriel d'*asaratum*, pavé de mosaïque.

(5) Qu'il est doux de pouvoir en paix et loin du monde,
Dominer dans le coin d'une grotte profonde,
Et de ne voir ramper que l'innocent lézard!

Les uns ont traduit : « C'est quelque chose, dans quel» que lieu, dans quelque retraite que l'on soit, de s'être » fait le maître d'un champ si petit, qu'à peine un lézard » puisse s'y tenir à l'aise. » Ils prenaient le contenu pour » le contenant. Les autres n'ont vu dans cette explication forcée, qu'un contre-sens, et, ils ont proposé de substituer *lacernæ*, sorte de vêtement grossier, à l'usage du bas peuple, et ils expliquent ainsi la phrase : « C'est donc » quelque chose, outre le jardin que l'on cultive de ses

» mains, de se voir en possession d'un vêtement grossier, » mais qui ne doive rien à personne. »

Comment se fait-il qu'on aille chercher des sens si éloignés, quand le mot-à-mot du texte est clair comme le jour.

« C'est quelque chose, dans quelque lieu, dans quelque » retraite que l'on soit, de s'être fait *maître* du seul lézard. »

Et, en effet, quel homme osa le premier se faire maître de son semblable, et le voir comme un vil reptile, lécher la poussière de ses pieds ?

Pour bien se pénétrer du sens de Juvénal, il faut se rappeler combien le mot *dominus*, (qui ne peut plus se traduire que par autocrate, puisque nos rois constitutionnels sont les premiers citoyens) était odieux aux Romains, et l'on ne trouvera rien d'incohérent avec le lézard. Juvénal pouvait-il qualifier autrement tous les courtisans? est-ce que cette engeance bassement adulatrice, n'est pas plus méprisable que les lézards, puisque ces derniers reptiles sont condamnés de toute éternité à leur humiliation.

(Voyez Suétone.)

Auguste rejeta le nom de maître comme une injure et un oprobre : un jour qu'il était au théâtre, un acteur ayant prononcé ce vers :

O le maître clément, ô le maître équitable!

Le peuple le lui appliqua, et battit des mains avec transport; il fit cesser ces acclamations indécentes par des gestes d'indignation; le lendemain il réprimanda sévèrement le peuple dans un édit, et défendit qu'on l'appelât du nom de maître. (*Vie d'Auguste*, ch. 53.)

Un citoyen ayant appelé Tibère, son maître, il l'avertit de ne plus lui faire cet affront. (*Vie de Tib.*, ch. 27.)

Plus tard, Domitien eut l'insolence d'intituler ses actes ainsi : notre maître et notre dieu veut. (*Vie de Domit.*, ch. 13.) (Traduction de La Harpe, dont je me servirai toujours.)

(6) .... Et le malade meurt à sa veille cruelle.

Les copistes ont mis dans le texte deux conjonctions adversatives *sed* et *nam* ; la première ne lie rien, la seconde seule est à conserver. Je conjecture qu'à la place de *sed illum*, il pouvait bien y avoir *pedatum*, *de pedo*, je frappe avec redoublement, ou un mot équivalant.

(7) Le bruit.............................
Doit éveiller Drusus dans sa grotte sauvage.

Des interprètes pensent que *stantis* se rapporte à *mandræ*; je suis d'avis contraire. *Mandra*, qui signifie une caverne où les bêtes et les ermites se retirent, est un régime de Drusus.

Nous disons encore : c'est un bruit à réveiller à dix lieues à la ronde.

(8) Le bœuf, dieu gras du Nil...............

Je ne me rappelle pas où j'ai vu que Corbulo était un surnom d'Apis. Quoi qu'il en soit, il y a toujours du bœuf à la seconde syllable : certainement, *bu* vient de βοῦς, *pour vache ou bœuf se prend.*

Si jamais je revois M. Perrin, notre ancien professeur au collége de Châlons, je suis sûr qu'il me félicitera, et qu'il me dira comme il nous l'a si souvent répété : autant vaudrait dériver *Platon* de *chopine*, en changeant *pla* en *cho*, et *ton* en *pine*.

C'est à ce savant distingué que je dois ma passion pour les étymologies. Oh! que n'ai-je vécu dans le siècle par excellence! c'est moi qui l'aurais faite, cette découverte utile pour l'humanité, qu'*alfana* en un mot dérivait d'*equus*, n'en déplaise au Zoïle qui gratifia le corps académique de cette aimable boutade :

Alfana, vient d'*equus* sans doute,
Mais il faut avouer aussi,
Que pour arriver jusqu'ici,
Il a bien changé sur la route.

(9) Son plus cruel tourment, c'est de ne trouver pas,
Quelqu'un à qui casser les jambes et les bras.

Ici Juvénal fait allusion aux exploits nocturnes de la jeune noblesse.

Dès que le jour baissait, Néron se couvrait la tête d'un bonnet, et courait les cabarets et les carrefours. Il chargeait les passans, les blessait quand ils faisaient résistance, et les traînait dans les égoûts. Il brisait et pillait les petites boutiques du peuple, dont il vendait les dépouilles chez lui. Dans ces sortes de querelles, il courut risque de perdre les yeux ou la vie. Un sénateur dont il avait insulté la femme pensa le faire mourir sous les coups; aussi, depuis il ne sortit plus à la même heure, sans se faire suivre par les tribuns de sa garde. (SUÉTONE, *vie de Néron*, chap. XXVI.)

SATIRE VII.

(1) Gloire, gloire à César! . . . .

« J'ai cru d'abord, dit M. Dusaulx, sur la parole de plu-
» sieurs savans, que cet éloge regardait Domitien; mais tout
» y répugne, et l'histoire et le caractère de Juvénal. Comment
» se persuader que notre auteur, après l'avoir si mal traité
» dans la satire IV, fût revenu sur ses pas dans la satire VII?
» A qui donc rapporter l'éloge dont il s'agit? quelques-
» uns veulent que ce soit à Trajan, mais le savant Dodwell
» prétend que ce doit être à Adrien. »

En dialoguant la satire, ainsi que j'ai fait, on voit que ce magnifique éloge n'est que de l'ironie toute pure, digne de Juvénal et de Domitien.

Ce prince, dit Suétone, parut d'abord s'appliquer à la poésie dont il n'avait aucune habitude, et pour laquelle il témoigna depuis beaucoup de mépris. (*Vie de Domit.*, ch. 11.)

Il solennisait tous les ans les fêtes de Minerve, et avait même établi un nouveau collége de prêtres de cette déesse, dont plusieurs tirés au sort devaient être chargés de donner des représentations théâtrales, et des prix d'éloquence et de poésie.

(2) .... L'Alcyon du Bacchus.

Il faut laisser dans le texte *Bacchi*. Bacchus était le sobriquet du poëte Accius. Perse en a parlé dans sa première satire.

Est nunc Brisæi quem venosus liber Acci. Briséen, comme on sait, était un nom honorifique du dieu de la treille, qu'il gagna à Brise, promontoire de Lesbos.

(3) Et les vieillards instruits, mais tout nus et sans pain,
Maudissent Terpsichore et leur affreux destin.

Terpsichore est la déesse de la danse. Pourquoi donc Juvénal la fait-il maudire par les vieux poëtes? il me semble que c'est parce que sous le règne de Domitien le bien-aimé, car celui-là fut aussi le bien-aimé, ce prince et ses courtisans disaient royalement aux poëtes âgés : *vous chantiez, j'en suis bien aise, eh bien ! dansez maintenant.*

(4) Des suffrages publics, mais si l'on est épris,
Il ouvre l'Odéon pour lire nos écrits.

Je pense que le *Maculonus* du texte était le grand-chambellan de Domitien, à qui les poëtes devaient s'adresser pour concourir aux prix annuels dont Suétone parle, et réciter leurs œuvres devant la commission des prêtres de Minerve; le *domus ferrata*, c'est la maison militaire de l'empereur, les satellites qui faisaient le service à l'extérieur, etc.

(5) Qui désigne à son gré les augures nouveaux,
Que lui-même investit des célestes anneaux.

Les augures et les aruspices étaient nommés *Vates inspirés*. Ils ne pouvaient exercer leur sacerdoce sans avoir reçu l'investiture par l'anneau d'or et par le bâton ou crosse que leur remettaient les suprêmes magistrats. C'est à cette cérémonie que se rapporte le vers

Semestri vatum digitos circumliget auro.

Si jamais j'ai le pouvoir d'aller à la bibliothèque, je suis certain de trouver raison de l'épitèthe *semestri*.

En attendant, je conjecture que Juvénal appelle ces anneaux *sémestriels*, parce qu'on renouvelait les prêtres à la mégalésie en avril, et aux fêtes de septembre.

C'est pour cette tirade que notre poëte fut exilé.

(6) Les tribuns, les préfets sont nommés chaque jour
Par Pélops le tragique, ou par quelqu'autre mime.

« Vendez vos tragédies, celle de Pélops valut un gouvernement, celle de Philomène, le tribunat. (M. Dusaulx.) »

Si cette version était admise, Juvénal ne serait plus conséquent. Il se plaint que les poëtes étaient réduits à se faire garçons boulangers, barbiers, crieurs, marchands d'habits, galons : Stace lui-même, a été obligé de vendre ses œuvres pour ne pas mourir de faim ; et les tragédies de Pélops et de Philomène auraient fait obtenir des places importantes! je ne le pense pas. Le *Pelopeïa* du texte, veut aussi bien dire l'acteur qui joue Pélops, que l'auteur qui le fit. D'ailleurs, il y a *facit præfectos*, et en rapportant le passage aux auteurs de tragédies, il faudrait prouver que les poëtes s'associaient pour composer un ouvrage, ce qui serait difficile.

(7) Réunissez leurs biens, et mettez d'autre part,
Ceux d'un seul cocher roux, à robe de lézard.

Tous les manuscrits portent *lacertæ*, et ce mot de lézard, comme dans la troisième satire, a mis les interprètes dans l'embarras, la plupart d'eux l'ont changé en *lacerna*.

Mais rien n'est si simple que l'expression de lézard ou verdet. Dans les courses des chevaux, les compétiteurs étaient partagés en quatre factions désignées par leurs couleurs, la verte, la bleue, la rouge et la blanche ; et Juvénal appelle les cochers verts, des lézards, à cause de leurs habillemens verts, comme nous appelons aussi les Anglais, des écrevisses, à cause de leurs habillemens rouges, et les douaniers, des requins de terre, à cause de leur barbarie envers les chiens, qui, sur toutes les lignes frontières sont employés à la contrebande, et qu'un amateur des douanes veut faire mettre à la patente de première classe et à l'impôt personnel, ne plus ne moins que les électeurs, tant il est épouvanté de l'activité de la fraude.

Ces verdets étaient favorisés de Caligula, qui mangeait et couchait avec eux dans leurs écuries : l'un d'eux nommé Cythicus, reçut de lui dans un festin public un présent de deux millons de sesterces. (Suet., Calig., c. xxii.)

(8) Pour une verte palme, honneur de la tribune,
Çà, brise tes poumons, compagnon d'infortune.

« Les murs et l'échelle de ta maison décorée de palmes » verdoyantes, dit M. Dusaulx, et en note : Lubin et Bri» tannicus ont été chercher bien loin ce que Grangæus ex» plique sans effort ; Juvénal, dit-il, pour faire sentir la » misère des avocats, insinue qu'ils ne pouvaient entrer » dans leurs maisons qu'à l'aide d'une échelle. »

Scalæ, je crois, veut dire la tribune aux harangues, qui, comme celle de la chambre des députés, avait plusieurs échelles ou escaliers. *Scalæ*, fait tribune, comme *saga* veut dire guerre. *Ire ad scalas*, *ire ad saga*.

(9) Lui qu'on voit se baigner dans l'essence de rose.

Je pensais d'abord que le texte avait été altéré, et qu'en place de *rhinocerote*. on devait lire *rhinoderhode*, essence de rose, et j'ai traduit en conséquence. En y réfléchissant toutefois j'ai reconnu mon erreur : il vaudrait mieux traduire, *lui qui se baigne avec un rhinocéros*. Sous le règne de Domitien, les grosses bêtes étaient à la mode depuis longtemps. Galba, dans les jeux floraux, avait fait paraître des éléphans qui dansaient sur la corde. (Suet. Galba, c. VI.) Numitor, comme il est dit plus haut, avait un lion apprivoisé, et l'avocat Tongilius pouvait élégamment avoir un rhinocéros en place de petit chien favori. Auquel cas, l'inconvénient dont parle Juvénal est facile à comprendre.

(10) Cette grêle de riens, sous ses coups ennuyeux,
Finit par assommer les maîtres malheureux.

« Tous nos manuscrits, dit M. Achaintre, ont *cambre* ; » quelques interprètes ont soutenu cette leçon ; suivant » eux il s'agit d'une déclamation qui avait pour titre *Cambre*. » Mais ils ne sont pas d'accord sur le sujet auquel il fau- » drait appliquer ce nom. Les uns veulent qu'il s'agisse » d'une déclamation ou d'un discours pour ou contre un » certain Cambre, roi des Scythes, dont parle Diodore de » Sicile ; les autres, de la principauté de Galles, qui s'appelle » Cambria. Calendrin penche pour une déclamation sur » l'expulsion des tyrans d'une ville de ce nom située dans » la Troade, proche Lesbos. Plusieurs enfin lisent *gambre*, » de *γαμβρος*, *gener*, gendre, et ce serait le nom d'une contro- » verse en faveur d'un gendre accusé d'avoir tué son beau- » père. »

M. Dusaulx traduit : Tel qu'un fade aliment répété, ce

triste refrain rebute et tue le maître ; et il dit en note : Juvénal nomme l'aliment dont s'agit, *repetita crambre* : c'étaient des choux réchauffés plusieurs fois, et dont les convives ne tardaient point à se dégoûter.

Cette traduction, presque littérale, convient, assez ce me semble ; mais Juvénal a fait l'éloge des choux.

.... Le sauveur de Rome,
Curius recueillait ses choux, et le grand homme,
Lui-même les cuisait dans son étroit foyer.

Il ne doit donc pas dénigrer même les choux réchauffés. Pourquoi je pense qu'il faut lire dans le texte : *grombre* ou *grombe*, de γρυ, rien, futilité ; et de ομβρος, pluie.

(11) Pour instruire leurs fils dans l'art de Théodore.

Théodore-Gadarée, savant très-distingué, maître de rhétorique de Tibère ; il avait su de bonne heure caractériser le jeune prince, en disant de lui : c'est de la boue détrempée dans du sang. (SUET., TIB., c. LVII.)

(12) Pour construire des bains on dépense un million.

Boileau fait trois syllabes de million.

Qu'un million comptant par ses fourbes acquis.

Mais un plus grand poëte que Boileau, l'Amphion de la liberté, n'en fait que deux syllabes.

Dès qu'on signale une nef vagabonde,
Serait-ce lui, disent les potentats,
Vient-il encor redemander le monde ?
Armons soudain deux millions de soldats.
(5 mai.)

(13) De quel nom s'appelait la nourrice d'Anchise ?

Tibère (et depuis un immortel roi) était versé dans l'art admirable de deviner les énigmes et les charades.

Tibère se plaisait à demander quelle était la mère d'Hécube? quel nom avait Achille à la cour de Lycomède? quelles étaient les chansons des Syrènes? (*Suet.*, *Tib.*, c. 70.) et beaucoup de questions de cette importance, que l'on peut, dit M. Dusaulx, savoir sans être plus heureux, et publier sans en paraître ni moins ennuyeux ni plus instruit.

(14) Qu'un père au bout d'un an donne, s'il est honnête,
Autant que Rome accorde au vainqueur d'une bête.

Dans les combats des bêtes, les vainqueurs avaient environ vingt francs par tête.

En France, il est encore un grand nombre d'instituteurs qui ne reçoivent pas pour l'instruction annuelle d'un enfant la prime qu'on accorde au braconnier pour la destruction d'un louveteau ou d'un renard. Je ne blâme point l'encouragement qu'on donne à la destruction de l'espèce vorace et nuisible, je plains seulement les instituteurs.

SATIRE VIII.

(1) Le parjure au serment est mort, tout-à-fait mort.

La doctrine des jésuites est beaucoup plus commode. On peut jurer, dit Sanchez, qu'on n'a pas fait une chose, quoiqu'on l'ait faite effectivement, entendant en soi-même qu'on ne l'a pas faite un certain jour, ou avant qu'on fût né, ou en sous-entendant quelqu'autre circonstance pareille. Et cela est fort commode en beaucoup de rencontres, et est toujours très-juste, quand cela est nécessaire ou utile pour la santé, l'honneur ou le bien. — Comment, mon père, et n'est-ce pas là un mensonge ou un parjure? — Non : Sanchez le prouve au même lieu, et notre père Filutius aussi, parce, dit-il, que c'est l'intention qui règle la qualité de l'action. Et il y donne encore, n° 328, un autre moyen plus sûr d'éviter le mensonge. C'est après avoir dit tout haut : *je jure que je n'ai point fait cela*, on ajoute tout bas, *aujourd'hui*, ou qu'après avoir dit tout haut, *je jure*, on dise tout bas, *que je dis*, et que l'on continue ensuite tout haut, *que je n'ai point fait cela*. (*Provinciales*, lett. IX.)

(2) La vie est courte, et même, en leurs pompeux tombeaux,
Les cadavres des rois, des vers sont la pâture.

La briéveté de la vie, la putréfaction des cadavres royaux qui s'amalgame à la putréfaction des cadavres prolétaires, doivent inciter davantage à la justice, que l'aspect des fantômes vivans des rois dénués de substance et sucés jusqu'aux os.

Le vers de Juvénal m'a rappelé la belle strophe de Malherbe.

Ont-ils rendu l'esprit, ce n'est plus que poussière,
Que cette vanité si pompeuse et si fière,
Dont l'éclat orgueilleux étonnait l'univers;
Et dans ces grands tombeaux où leurs âmes hautaines
Font encore les vaines,
Ils sont rongés des vers.

(3) Si tu n'es pas souillé du crime d'adultère.

Les auteurs interprètes disent : si ton épouse est irréprochable, ce qui n'est pas exact à mon avis ; le texte disant : *si nullum in conjuge crimen ;* il vaut mieux sous-entendre *alieno* que *tuâ*. Juvénal, soutenant que la vertu est personnelle, ne peut, sans contradiction, dire que les fautes ne sont pas personnelles. Je sais du reste qu'il est certains cas où les fautes de l'épouse rejaillissent sur l'époux ; j'ai même signalé cette turpitude il y a long-temps. Comme c'est le premier pas que j'ai fait dans l'arène satirique, je transcris hardiment un fragment de ma pièce, malgré les imperfections dont elle fourmille.

. . . .

Pour femme, un magistrat doit-il garder Fanchon ?
Elle peut simplement faire aller un bouchon.
Entend-elle traiter un point judiciaire,
Ne pouvant dire mot, et ne pouvant se taire,
Elle y mêle un ragoût : sa glapissante voix,
A toute sauce met la justice et les lo is.
Il faut vous séparer, demander le divorce ;
Qu'importe à la morale une petite entorse ?
Va-t-en, va dans les lacs par toi-même tendus,
Comme un autre Vulcain surprendre ta Vénus.
Cette fable, il est vrai, ne vaut pas ton histoire ;
Ah! que n'ai-je cent voix pour célébrer ta gloire.
Mais ma muse poussive et déjà tout en eau,
Refuse d'esquisser ce graveleux tableau.
Dans le plus bel endroit la sotte m'abandonne ;
Ciel! à qui se fier dans ce monde? à personne,
Hormis à toi.... Viens donc parler toi-même un peu.
—Ecoutez-moi, Fanchon, laissez le pot-au-feu,
Pour les plus doux plaisirs de la vie animale ;
Je ne le cache point, vous êtes sans égale :
Si l'on vous connaissait à fond ainsi que moi,
Vous seriez un morceau jugé digne d'un roi.
Mais hélas! dans ce temps de luxe et d'indigence,
On se laisse éblouir d'une vaine apparence.
Le soleil ne luit point d'un éclat emprunté,
J'en conviens ; mais la lune *exclipse* sa clarté.
Vous m'*exclipsez*..... *Ergò*, c'est chose nécessaire,
Que je prenne au plutôt une épouse honoraire,
Id est, ad honores. Calmez votre dépit,
Vous seule du ménage aurez tout le profit ;
A ce nouvel hymen, si votre humeur s'arrange,
Vous jouirez alors d'un bonheur sans mélange ;
Vous goûterez en paix le bonheur le plus doux ;
J'agis, n'en doutez pas, moins pour moi que pour vous.

A mes intentions, montrez-vous donc soumise,
Sinon, je sais tourner les codes à ma guise.
Certes, j'y trouverai mille bonnes raisons
Pour vous faire écurer de nouveau les chaudrons.
Au surplus, par arrêt, la cour suprême mande
Que vous vous conformiez à ma juste demande;
Et qu'en attendant mieux, avec mon gros huissier
Vous couchiez dès ce soir pour vous désennuyer.
— Je ne veux pas. — M'amour, eh! permettez de grâce!
Permettez.....—Si c'était un autre, encore passe,
Mais pour ce gros pitaut, plus mal léché qu'un ours,
Vous badinez!...—Rompons, s'il vous plaît ce discours;
Ne nous échauffons point sur un sujet si mince;
Prenez qui vous voudrez, voyez, je suis bon prince....
A propos, j'ai ce soir à dîner, Dorimon,
Le trouvez-vous aimable?—Oui, c'est un beau garçon.
—Allez faire toilette, et songez à lui plaire.
J'aurai soin du dîner, allez, laissez-moi faire,
C'est d'évêque, il est vrai, redevenir meunier,
Id est, de très-bon juge, excellent cuisinier.

Fanchon va se parer des habits des dimanches,
Le grand homme est à l'œuvre, il retrousse ses manches,
Ceint du blanc tablier, le tranche-lard en main,
Il barde un fricandeau, puis découpe un lapin,
Qu'un plaideur, en ses droits bien qu'il eût confiance,
Avait honnêtement glissé dans la balance;
Prudence superflue!.... Il n'était pas de poids;
Et ce, considérant la coutume et les lois,
Considérant surtout l'éloquent adversaire,
Qui fourrait un dindon dans le bassin contraire;
La truite qui brillait d'azur, de pourpre et d'or,
D'un vassal de Thémis, nouvel hommage encor,
S'offre, soit pour le bleu, soit pour la matelotte;
Entre ces deux façons long-temps son esprit flotte,

Il se décide enfin pour le goût de Fanchon ;
Elle aime tant la sauce, et si peu le poisson.
Dans plus d'un autre apprêt son talent se signale,
Il change un épinard en toque magistrale,
Où la main de Thémis, et le sceptre en sautoir,
Sont formés de croûtons, passés au beurre noir ;
Puis, son savant couteau, par une autre méthode,
D'un gruyère aux grands yeux, sait façonner le code.
Il écrit sur le dos d'un doigt croche et subtil,
En lettres de couleur : Recueil du droit civil.
Il se sent inondé d'un torrent de délices,
En faisant cuire enfin, de larges écrevisses.
L'espoir de son divorce est fondé sur ce plat :
Avec plus de plaisir son cœur se gonfle et bat :
A la canelle, au thym, par prudence il mélange,
Les reluisans débris de cet insecte étrange,
Qui dévore le frêne et boit les feux du jour,
Philtre provocateur de l'impudique amour ;
Voyez-vous maintenant son infernal sourire ?
Et cest un juge ! ô ciel !... venez l'entendre dire
D'un ton de réprouvé : je les tiens, ils sont pris,
Si ce beau Dorimon n'est pas *de frigidis*.
L'infâme ! tout mon sang dans mes veines bouillonne.
De l'horreur que j'en ai, sans regret j'abandonne
L'histoire du dîner, où nous n'aurions enfin
Que de sales propos, et des arrêts sans fin.

Lorsque le candidat au légal cocuage,
Vit Dorimon en proie à l'amoureuse rage,
Et Fanchon qui roulait un œil luxurieux,
Sous prétexte d'affaire, il les laisse tous deux.
Moi, je les laisse aussi, car je tiens pour maxime,
Qu'à déranger l'amour on commet presqu'un crime,
Et je suis prudemment, sans craindre le haro.
Le juge au nez crochu, digne de Rolando,
Qui court, vif d'espérance, assembler au plus vite

De fidèles témoins une notable élite ;
C'était, je les ai vus, le gros pitaut d'huissier,
Et trois recors suivis d'un honnête frippier.
Il les guide : bientôt l'obéissante escorte,
Quoiqu'elle fût ouverte, ayant foncé la porte.....
On entre, on crie, on sacre, on cherche, on ne voit rien.
Quel désappointement pour notre homme de bien !
On ne voit que Fanchon, seule, avec tous ses charmes.
De rage, le mari verse d'amères larmes.
Mais Fanchon, en poussant un énorme soupir :
Presqu'aussitôt que vous il a voulu sortir,
Je vous jure, monsieur, que je suis sans reproche.
C'est bon, c'est bon, dit-il en tirant de sa poche
Un papier, où la veille, en habile devin,
Il avait constaté les faits du lendemain.
Signez, mes bons amis, patent est l'adultère,
Si vous le désirez, une autrefois, j'espère,
Je vous démontrerai que ce n'est pas un jeu ;
Signez, battons le fer, tandis qu'il est en feu ;
En moi daignez avoir parfaite confiance,
J'affirme que l'on peut signer en conscience,
En effet, *tenemus ream oonfitentem*,
Et c'est un argument vraiment *ad hominem*.
D'ailleurs, par un arrêt, la cour, la cour suprême,
Dans un semblable cas, a décidé de même.
Le président et moi sommes de vieux amis,
Il ne fait jamais rien sans prendre mes avis.
On signe : alors, croyant son divorce immanquable,
Il rendit grâce à dieu, ce devait être au diable,
Qui, fâché de trouver son cher pupile ingrat,
S'en plaignit, la nuit même, au ténébreux sabbat.
Il y fut décidé, de par la chambre entière,
Qu'il serait obligé de garder sa sorcière ;
Et que, de connivence, atteint et convaincu,
Il serait désormais impunément cocu.

(4) Lui-même hors d'haleine a graissé les essieux.

Je pense que le *stringit* vient de στaγγενω, *guttatim exprimo per angustum foramen.*

(5) Ce n'est pas tout, ami des plaisirs bestiaux,
Il va veiller les nuits dans les derniers tripots.

En place d'*instaurare*, je lis *astaurare*, de σταυροω, mot admirable suivant l'interprétation de Cornelius Schrevelius.

(6) Mais pourquoi vendent-ils ce talent d'importance,
Ce produit spontané de leur haute naissance?

Je suis certain qu'en y regardant de près sur les vieux manuscrits, on lira *fenera*, de *fenus*, *feneris*, dérivé du vieux verbe *feo; fenus* est le produit spontané de la terre. Le *funera* des éditions est un contre-sens qui a dérouté tous les intrprètes, et qui a gâté Juvénal dans une de ses plus fortes tirades.

SATIRE XI.

(1) Il vient de s'engager sous-aide cuisinier,
Pour méditer les lois de ce royal métier.

J'ai traduit *lanista* par cuisinier, parce que les officiers de la bouche, dans l'exercice de leurs fonctions, marquaient tous les temps de l'escrime, comme Juvénal le dit sat. v :

.... Spectes chironamonta volanti
Cutello, donec peragat dictata magistri.

L'épithète *regia*, mise dans les vers de Juvénal, doit convaincre les plus incrédules qu'il s'agit de cuisine.

Le roi. Jamais éducation ne fut plus négligée que la mienne.

L'empereur. Comment? (*A part.*) Cet homme vaut quelque chose.

Le roi. Figurez-vous qu'à vingt ans je ne savais pas faire une fricassée de poulet, et le peu de cuisine que je sais, c'est moi qui me le suis donné. (*Dialogues de* CHAMFORT.)

(2) Non, ne t'attends jamais à voir dans ma maison,
La matrone espagnole en posture lubrique,
A la joûte animer par sa molle musique.

En place du *prurire*, des éditions je lis *prulire* dérivé de πρυλις, danse guerrière que les filles de Lacédémone dansaient toutes nues.

Le costume de ces demoiselles a donné aux poëtes occasion de leur donner des surnoms qui ne sont guère honnêtes, comme Ibicus les appelle *phenomeridas*, c'est-à-dire montrant la cuisse, et *andromanes*, c'est-à-dire enrageant d'avoir le mâle, et Euripides dit aussi d'elles:

Filles, qui hors leurs maisons paternelles,
Sortent, ayant des garçons autour d'elles,
Montrent à nu les cuisses découvertes,
Aux deux côtés de leurs cottes ouvertes.

Aussi, à la vérité, les flancs de leurs cottes n'étaient point cousus par en-bas; de sorte qu'en marchant, elles montraient à nu la cuisse découverte.

(PLUTARQUE D'AMIOT, *comparaison de Lycurgue et Numa.*)

Les filles de Sparte, obligées de consacrer tous les momens de la journée à la lutte, à la course, au saut, à d'autres exercices pénibles, n'avaient pour l'ordinaire qu'un vêtement léger et sans manches, qui s'attache aux épaules avec des agrafes, et que leur ceinture tient relevé au-dessus des genoux: sa partie inférieure est ouverte de chaque côté, de sorte que la moitié du corps est à découvert. Je suis très-éloigné de justifier cet usage, mais j'en vais rapporter les motifs.

Lycurgue avait sans doute observé que l'homme ne s'est couvert qu'après s'être corrompu, que ses vêtemens se sont multipliés à proportion de ses vices; que les beautés qui le séduisent, perdent souvent leurs attraits à force de se montrer, et qu'enfin, les regards ne souillent que les âmes déjà souillées. Guidé par ces réflexions, il entreprit d'établir par ses lois un tel accord de vertus entre les deux sexes, que la témérité de l'un serait réprimé, et la faiblesse de l'autre soutenue. Ainsi, peu content de décerner la peine de mort contre quiconque déshonorerait une fille, il accoutuma la jeunesse de Sparte à ne rougir que du mal. La pudeur dépouillée de ses voiles fut respectée de part et d'autre, et les femmes de Lacédémone se distinguèrent par la pureté de leurs mœurs. J'ajoute que Lycurgue a trouvé des partisans parmi les philosophes. Platon veut que dans sa république, les femmes de tout âge s'exercent sans cesse dans le Gymnase, n'ayant que leur vertu pour vêtement.

(*Voyage d'Anacharsis*, c. XLVIII.)

(5) .....Pour le riche usé, ce sont d'âcres orties.

M. Dusaulx pense que le texte est corrompu dans cet endroit. Il prétend qu'*urtica* veut dire *libido*, et d'après la leçon de Markland, il traduit comme s'il y avait *artes urticæ divitis*. Telle ingénieuse que soit cette explication, il ne faut pas dédaigner les âcres orties; cette métaphore fait sentir assez, ce me semble, l'ébullition que causent aux organes animaux,

Touffes de lys, proportion du corps,
Secrets appas, embonpoint et peau fine,
Fermes tétons, et semblables ressorts....

(LA FONTAINE, *les Lunettes.*)

On peut être à moins sur les orties.

(4) Qu'il écoute les chants des apôtres du vice.

Je lis dans le texte au lieu de *testarum*, *thestorum* de θης, θηςαυρων, *operarius mercenarius.*

(5) Ce riche assez osé pour souiller dans ses jeux,
Du plus grand des mortels le bouclier fameux.

Il s'agit ici, selon Scaliger, de planchers en mosaïque, c'est-à-dire de morceaux de marbre taillés en rond. Saumaise entend par *lacœdemonium orbem*, une table ou buffet de marbre, parce que, dit-il, si Juvénal avait voulu désigner une mosaïque, il aurait mis *qui lacœdemonios pystimate lubricet orbes.*

Pour moi, j'entends simplement le bouclier de Lacédémone. Le bouclier à Lacédémone était ce que devrait être pour tous les Français, la cocarde tricolore, une chose sacrée.

Qu'un poëte aujourd'hui s'écrie : honte à qui crache sur la cocarde tricolore; honte, à qui la foule aux pieds, et qu'un étranger connaissant un peu de français, sans savoir ce qui s'est passé en France depuis 89, vienne à traduire l'ouvrage de notre poëte national, il dira peut-être que la cocarde tricolore est une espèce de poulette à trois couleurs, très-rare en France, que les riches élevaient avec soin; mais sur laquelle ils crachaient en se rinçant la bouche lorsqu'ils buvaient du vin de Champagne, et qu'ils foulaient aux pieds si le petit animal se plaignait. Je ne sais pas si l'on a traduit autrement le passage de Juvénal dont je parle, mais j'ai lieu d'en douter, tant on a peur de s'écarter de la vieille ornière.

FIN.

ERRATA.

Page 10, vers 12, Est-ce, pensez-vous, *lisez* Est-ce, le pensez-vous.

Page 36, vers 22, Ucalégeon, *lisez* Ucalégon.

Page 50, vers 9, toujourss, *lisez* toujours.

Page 63, vers 26, Rodien, *lisez* Rhodien.

Page 66, vers 22, Laverne, *lisez* l'Averne.

www.ingramcontent.com/pod-product-compliance
Ingram Content Group UK Ltd.
Pitfield, Milton Keynes, MK11 3LW, UK
UKHW020248220726
13923UKWH00002B/858

9 782329 073415